El gaucho insufrible

Roberto Bolaño

El gaucho insufrible

EDITORIAL ANAGRAMA

BARCELONA

Diseño de la colección: Julio Vivas y Estudio A
Ilustración: Jordi Duró

Primera edición en «Panorama de narrativas»: octubre 2003
Primera edición en «Compactos»: junio 2008
Segunda edición en «Compactos»: febrero 2009

© EDITORIAL ANAGRAMA, S. A., 2003
   Pedró de la Creu, 58
   08034 Barcelona

ISBN: 978-84-339-7325-2
Depósito Legal: B. 5201-2009

Printed in Spain

Liberdúplex, S. L. U., ctra. BV 2249, km 7,4 - Polígono Torrentfondo
08791 Sant Llorenç d'Hortons

Para mis hijos Lautaro y Alexandra

y para mi amigo Ignacio Echevarría

Quizá nosotros no perdamos demasiado,
después de todo.

FRANZ KAFKA

JIM

Hace muchos años tuve un amigo que se llamaba
Jim y desde entonces nunca he vuelto a ver a un norteamericano más triste. Desesperados he visto muchos. Tristes, como Jim, ninguno. Una vez se marchó
a Perú, en un viaje que debía durar más de seis meses,
pero al cabo de poco tiempo volví a verlo. ¿En qué
consiste la poesía, Jim?, le preguntaban los niños
mendigos de México. Jim los escuchaba mirando las
nubes y luego se ponía a vomitar. Léxico, elocuencia,
búsqueda de la verdad. Epifanía. Como cuando se te
aparece la Virgen. En Centroamérica lo asaltaron varias veces, lo que resultaba extraordinario para alguien que había sido marine y antiguo combatiente
en Vietnam. No más peleas, decía Jim. Ahora soy
poeta y busco lo extraordinario para decirlo con palabras comunes y corrientes. ¿Tú crees que existen palabras comunes y corrientes? Yo creo que sí, decía
Jim. Su mujer era una poeta chicana que amenazaba,
cada cierto tiempo, con abandonarlo. Me mostró una

foto de ella. No era particularmente bonita. Su rostro expresaba sufrimiento y debajo del sufrimiento asomaba la rabia. La imaginé en un apartamento de San Francisco o en una casa de Los Ángeles, con las ventanas cerradas y las cortinas abiertas, sentada a la mesa, comiendo trocitos de pan de molde y un plato de sopa verde. Por lo visto a Jim le gustaban las morenas, las mujeres secretas de la historia, decía sin dar mayores explicaciones. A mí, por el contrario, me gustaban las rubias. Una vez lo vi contemplando a los tragafuegos de las calles del DF. Lo vi de espaldas y no lo saludé, pero evidentemente era Jim. El pelo mal cortado, la camisa blanca y sucia, la espalda cargada como si aún sintiera el peso de la mochila. El cuello rojo, un cuello que evocaba, de alguna manera, un linchamiento en el campo, un campo en blanco y negro, sin anuncios ni luces de estaciones de gasolina, un campo tal como es o como debería ser el campo: baldíos sin solución de continuidad, habitaciones de ladrillo o blindadas de donde hemos escapado y que esperan nuestro regreso. Jim tenía las manos en los bolsillos. El tragafuegos agitaba su antorcha y se reía de forma feroz. Su rostro, ennegrecido, decía que podía tener treintaicinco años o quince. No llevaba camisa y una cicatriz vertical le subía desde el ombligo hasta el pecho. Cada cierto tiempo se llenaba la boca de líquido inflamable y luego escupía una larga culebra de fuego. La gente lo miraba, apreciaba su arte y seguía su camino, menos Jim, que permanecía en el borde de la acera, inmóvil, como si esperara algo más del tragafuegos, una décima señal después de haber descifrado las nueve de rigor, o como si en el rostro tiznado hubiera descubierto la cara de un antiguo amigo o de alguien que había matado. Durante un buen rato lo estuve mirando. Yo entonces tenía dieciocho o diecinueve años y creía que era inmortal. Si hubiera sabido que no lo era, habría dado media vuelta y me hubiera alejado de allí. Pasado un tiempo me cansé de mirar la espalda de Jim y los visajes del tragafuegos. Lo cierto es que me acerqué y lo llamé. Jim pareció no oírme. Al volverse observé que tenía la cara mojada de sudor. Parecía afiebrado y le costó reconocerme: me saludó con un movimiento de cabeza y luego siguió mirando al tragafuegos. Cuando me puse a su lado me di cuenta de que estaba llorando. Probablemente también tenía fiebre. Asimismo descubrí, con menos asombro con el que ahora lo escribo, que el tragafuegos estaba trabajando exclusivamente para él, como si todos los demás transeúntes de aquella esquina del DF no existiéramos. Las llamaradas, en ocasiones, iban a morir a menos de un metro de donde estábamos. ¿Qué quieres, le dije, que te asen en la calle? Una broma tonta, dicha sin pensar, pero de golpe caí en que eso, precisamente, esperaba Jim. *Chingado, hechizado / Chingado, hechizado,* era el estribillo, creo recordar, de una canción de moda aquel año en algunos hoyos funkis. Chingado y hechizado parecía Jim. El embrujo de México lo había atrapado y ahora miraba directamente a la cara a sus fantasmas. Vámonos de aquí, le dije. También le pregunté si estaba drogado, si se sentía mal. Dijo que no con la cabeza. El tragafuegos nos miró. Luego, con los carrillos hinchados, como Eolo, el dios del viento, se acercó a nosotros. Supe, en una fracción de segundo, que no era precisamente viento lo que nos iba a caer encima. Vámonos, dije, y de un golpe lo despegué del funesto borde de la acera. Nos perdimos calle abajo, en dirección a Reforma, y al poco rato nos separamos. Jim no abrió la boca en todo el tiempo. Nunca más lo volví a ver.

EL GAUCHO INSUFRIBLE

para Rodrigo Fresán

A juicio de quienes lo trataron íntimamente dos virtudes tuvo Héctor Pereda por encima de todo: fue un cuidadoso y tierno padre de familia y un abogado intachable, de probada honradez, en un país y en una época en que la honradez no estaba, precisamente, de moda. Ejemplo de lo primero es el Bebe y la Cuca Pereda, sus hijos, que tuvieron una infancia y adolescencia feliz y que luego, cargando la intensidad del reproche en cuestiones prácticas, le echaron en cara a Pereda el haberles secuestrado la realidad tal cual era. De su oficio de abogado poco es lo que se puede decir. Hizo dinero e hizo más amistades que enemistades, que no es poco, y cuando estuvo en su mano ser juez o presentarse como candidato a diputado de un partido, prefirió, sin dudarlo, la promoción judicial, donde iba a ganar, es bien sabido, mucho menos dinero que el que a buen seguro ganaría en las lides de la política.

Al cabo de tres años, sin embargo, decepcionado

con la judicatura, abandonó la vida pública y se dedicó, al menos durante un tiempo, que tal vez fueron años, a la lectura y a los viajes. Por supuesto, también hubo una señora Pereda, de soltera Hirschman, de la que el abogado, según cuentan, estuvo locamente enamorado. Hay fotos de la época que así lo atestiguan: en una se ve a Pereda, de terno negro, bailando un tango con una mujer rubia casi platino, la mujer mira al objetivo de la cámara y sonríe, los ojos del abogado, como los ojos de un sonámbulo o de un carnero, sólo la miran a ella. Desgraciadamente la señora Pereda falleció de forma repentina, cuando la Cuca tenía cinco años y el Bebe siete. Viudo joven, el abogado jamás volvió a casarse, aunque tuvo amigas (nunca novias) bastante connotadas en su círculo social, que cumplían, además, con todos los requisitos para convertirse en las nuevas señoras Pereda.

Cuando los dos o tres amigos íntimos del abogado le preguntaban al respecto, éste invariablemente respondía que no quería cargar con el peso (insoportable, según su expresión) de darles una madrastra a sus retoños. Para Pereda, el gran problema de Argentina, de la Argentina de aquellos años, era precisamente el problema de la madrastra. Los argentinos, decía, no tuvimos madre o nuestra madre fue invisible o nuestra madre nos abandonó en las puertas de la inclusa. Madrastras, en cambio, hemos tenido demasiadas y de todos los colores, empezando por la gran madrastra peronista. Y concluía: Sabemos más de madrastras que cualquier otra nación latinoamericana.

16

Su vida, pese a todo, era una vida feliz. Es difícil, decía, no ser feliz en Buenos Aires, que es la mezcla perfecta de París y Berlín, aunque si uno aguza la vista, más bien es la mezcla perfecta de Lyon y Praga. Todos los días se levantaba a la misma hora que sus hijos, con quienes desayunaba y a quienes iba después a dejar al colegio. El resto de la mañana lo dedicaba a la lectura de la prensa, invariablemente leía al menos dos periódicos, y después de tomar un tentempié a las once (compuesto básicamente de carne y embutidos y pan francés untado con mantequilla y dos o tres copitas de vino nacional o chileno, salvo en las ocasiones señaladas, en las que el vino, necesariamente, era francés), dormía una siesta hasta la una. La comida, que hacía solo en el enorme comedor vacío, leyendo un libro y bajo la observación distraída de la vieja sirvienta y de los ojos en blanco y negro de su difunta mujer, que lo miraba desde las fotos enmarcadas en marcos de plata labrada, era ligera, una sopa, algo de pescado y algo de puré, que dejaba enfriar. Por las tardes repasaba con sus hijos las lecciones del colegio o asistía en silencio a las clases de piano de la Cuca y a las clases de inglés y francés del Bebe, que dos profesores de apellidos italianos iban a darles a casa. A veces, cuando la Cuca aprendía a tocar algo entero, acudían la sirvienta y la cocinera a oírla y el abogado, transido de orgullo, las escuchaba murmurar palabras de elogio, que al principio le parecían desmedidas pero que luego, tras pensárselo dos veces, le parecían acertadísimas. Por las noches, después de darles las buenas noches a sus hijos y recordarles por enésima vez a sus empleadas que no abrieran la puerta a nadie, se marchaba a su café favorito, en Corrientes, donde podía estar hasta la una, pero no más, escuchando a sus amigos o a los amigos de sus amigos, que hablaban de cosas que él desconocía y que sospechaba que, si conociera, lo aburrirían soberanamente, y luego se retiraba a su casa, donde todos dormían.

Pero un día los hijos crecieron y primero se casó la Cuca y se fue a vivir a Río de Janeiro y luego el Bebe se dedicó a la literatura, es decir, triunfó en la literatura, se convirtió en un escritor de éxito, algo que llenaba de orgullo a Pereda, que leía todas y cada una de las páginas que publicaba el hijo menor, quien aún permaneció en casa durante unos años (¿dónde iba a estar mejor?), al cabo de los cuales, como hiciera su hermana antes que él, emprendió el vuelo.

Al principio el abogado intentó resignarse a la soledad. Tuvo una relación con una viuda, hizo un largo viaje por Francia e Italia, conoció a una jovencita llamada Rebeca, al final se conformó con ordenar su vasta y desordenada biblioteca. Cuando el Bebe volvió de Estados Unidos, en una de cuyas universidades trabajó durante un año, Pereda se había convertido en un hombre prematuramente avejentado. Preocupado, el hijo se afanó en no dejarlo solo y a veces iban al cine o al teatro, en donde el abogado solía dormirse profundamente, y otras veces lo obligaba (pero sólo al principio) a acudir junto a él a las tertulias literarias que se organizaban en la cafetería

El Lápiz Negro, donde los autores nimbados por algún premio municipal disertaban largamente sobre los destinos de la patria. Pereda, que en estas tertulias no abrió nunca la boca, comenzó a interesarse por lo que decían los colegas de su hijo. Cuando hablaban de literatura, francamente se aburría. Para él, los mejores escritores de Argentina eran Borges y su hijo, y todo lo que se añadiera al respecto sobraba. Pero cuando hablaban de política nacional e internacional el cuerpo del abogado se tensaba como si le estuvieran aplicando una descarga eléctrica. A partir de entonces sus hábitos diarios cambiaron. Empezó a levantarse temprano y a buscar en los viejos libros de su biblioteca algo que ni él mismo sabía qué era. Se pasaba las mañanas leyendo. Decidió dejar el vino y las comidas demasiado fuertes, pues comprendió que ambas cosas abotargaban el entendimiento. Sus hábitos higiénicos también cambiaron. Ya no se acicalaba como antes para salir a la calle. No tardó en dejar de ducharse diariamente. Un día se fue a leer el periódico a un parque sin ponerse corbata. A sus viejos amigos de siempre a veces les costaba reconocer en el nuevo Pereda al antiguo y en todos los sentidos intachable abogado. Un día se levantó más nervioso que de costumbre. Comió con un juez jubilado y con un periodista jubilado y durante toda la comida no paró de reírse. Al final, mientras tomaban cada uno una copa de coñac, el juez le preguntó qué le hacía tanta gracia. Buenos Aires se hunde, respondió Pereda. El viejo periodista pensó que el abogado se había vuelto loco y le recomendó la playa, el mar, ese aire tonifi-

19

cante. El juez, menos dado a las elucubraciones, pensó que Pereda se había salido por la tangente.

Pocos días después, sin embargo, la economía argentina cayó al abismo. Se congelaron las cuentas corrientes en dólares, los que no habían sacado su capital (o sus ahorros) al extranjero, de pronto se hallaron con que no tenían nada, unos bonos, unos pagarés que de sólo mirarlos se ponía la piel de gallina, vagas promesas inspiradas a medias en un olvidado tango y en la letra del himno nacional. Yo ya lo anuncié, dijo el abogado a quien quiso escucharlo. Después, acompañado de sus dos sirvientas, hizo lo que hicieron muchos porteños por aquel entonces: largas colas, largas conversaciones con desconocidos (que le resultaron simpatiquísimos) en calles atestadas de gente estafada por el Estado o por los bancos o por quien fuera.

Cuando el presidente renunció, Pereda participó en la cacerolada. No fue la única. A veces, las calles le parecían tomadas por viejos, viejos de todas las clases sociales, y eso, sin saber por qué, le gustaba, le parecía un signo de que algo estaba cambiando, de que algo se movía en la oscuridad, aunque tampoco le hacía ascos a participar en manifestaciones junto con los piqueteros que no tardaban en convertirse en algaradas. En pocos días Argentina tuvo tres presidentes. A nadie se le ocurrió pensar en una revolución, a ningún militar se le ocurrió la idea de encabezar un golpe de Estado. Fue entonces cuando Pereda decidió volver al campo.

Antes de partir habló con la sirvienta y la cocinera y les expuso su plan. Buenos Aires se pudre, les dijo, yo me voy a la estancia. Durante horas estuvieron hablando, sentados a la mesa de la cocina. La cocinera había estado en la estancia tantas veces como Pereda, que solía decir que el campo no era lugar para gente como él, padre de familia y con estudios y preocupado por darles una buena educación a sus hijos. La misma figura de la estancia se había ido desdibujando en su memoria hasta convertirse en una casa sin un centro, un árbol enorme y amenazador y un granero donde se movían sombras que tal vez fueran ratas. Aquella noche, sin embargo, mientras tomaba té en la cocina, les dijo a sus empleadas que ya casi no tenía dinero para pagarles (todo estaba en el corralito bancario, es decir todo estaba perdido) y que su propuesta, la única que se le ocurría, era llevárselas con él al campo, en donde al menos comida, o eso quería creer, no les iba a faltar.

La cocinera y la sirvienta lo escucharon con lástima. El abogado en un momento de la conversación se puso a llorar. Para tratar de consolarlo le dijeron que no se preocupara por la plata, que ellas estaban dispuestas a seguir trabajando aunque no les pagara. El abogado se opuso de tal forma que no admitía réplica. Ya no estoy en edad de convertirme en macró, les dijo con una sonrisa en la que, a su manera, les pedía perdón. A la mañana siguiente hizo la maleta y se fue en taxi a la estación. Las mujeres lo despidieron desde la acera.

El viaje en tren fue largo y monótono, lo que le permitió reflexionar a sus anchas. Al principio el vagón iba repleto de gente. Los temas de conversación, según pudo colegir, eran básicamente dos: la situación de bancarrota del país y el grado de preparación de la selección argentina de cara al mundial de Corea y Japón. La masa humana le recordó los trenes que salían de Moscú en la película *El doctor Zhivago,* que había visto hacía tiempo, aunque en los trenes rusos de aquel director de cine inglés la gente no hablaba de hockey sobre hielo ni de esquí. No tenemos remedio, pensó, aunque estuvo de acuerdo en que, sobre el papel, el once argentino parecía imbatible. Cuando se hizo de noche las conversaciones cesaron y el abogado pensó en sus hijos, en la Cuca y en el Bebe, ambos en el extranjero, y también pensó en algunas mujeres a las que había conocido íntimamente y de las que no esperaba volver a acordarse y que surgían del olvido, silenciosas, la piel cubierta de transpiración, insuflando en su espíritu agitado una especie de serenidad que no era serenidad, una disposición a la aventura que tampoco era precisamente eso, pero que se le parecía.

Luego el tren empezó a rodar por la pampa y el abogado juntó la frente al cristal frío de la ventana y se quedó dormido.

Cuando despertó, el vagón iba medio vacío y junto a él un tipo aindiado leía un cómic de Batman. ¿En dónde estamos?, le preguntó. En Coronel Gutiérrez, dijo el hombre. Ah, bueno, pensó el abogado, yo voy a Capitán Jourdan. Después se levantó y estiró los huesos y se volvió a sentar. En el desierto vio a un conejo que parecía echarle una carrera al tren. Detrás del primer conejo corrían cinco conejos. El primer conejo, al que tenía casi al lado de la ventana, iba con los ojos muy abiertos, como si la carrera contra el tren le estuviera costando un esfuerzo sobrehumano (o sobreconejil, pensó el abogado). Los conejos perseguidores, por el contrario, parecían correr en tándem, como los ciclistas perseguidores en el Tour de Francia. El que relevaba daba un par de saltos y el que iba en cabeza bajaba hasta el último puesto, el tercero se ponía en el segundo, el cuarto en el tercero y así el grupo cada vez iba restando más metros al conejo solitario que corría bajo la ventanilla del abogado. ¡Conejos!, pensó éste, ¡qué maravilla! En el desierto, por otra parte, no se veía nada, una enorme e inabarcable extensión de pastos ralos y grandes nubes bajas que hacían dudar de que estuvieran próximos a un pueblo. ¿Usted va a Capitán Jourdan?, le preguntó al lector de Batman. Éste daba la impresión de leer las viñetas con extremo cuidado, sin perderse ningún detalle, como si se paseara por un museo portátil. No, le contestó, yo me bajo en El Apeadero. Pereda hizo memoria y no recordó ninguna estación llamada así. ¿Y eso qué es, una estación o una fábrica?, dijo. El tipo aindiado lo miró fijamente: una estación, contestó. Me parece que se ha molestado, pensó Pereda. La pregunta había sido improcedente, una pregunta dictada no por él, de común un hombre discreto, sino por la pampa, directa, varonil, sin subterfugios, pensó.

Cuando volvió a apoyar la frente en la ventanilla vio que los conejos perseguidores ya habían dado alcance al conejo solitario y que se le arrojaban encima con saña, clavándole las garras y los dientes, esos largos dientes de roedores, pensó espantado Pereda, en el cuerpo. Mientras el tren se alejaba vio una masa amorfa de pieles pardas que se revolvía a un lado de la vía.

En la estación de Capitán Jourdan sólo se bajó Pereda y una mujer con dos niños. El andén era mitad de madera y mitad de cemento y por más que buscó no halló a un empleado del ferrocarril por ninguna parte. La mujer y los niños echaron a caminar por una pista de carretas y aunque se alejaban y sus figuras se iban haciendo diminutas, pasó más de tres cuartos de hora, calculó el abogado, hasta que desaparecieron en el horizonte. ¿Es redonda la tierra?, pensó Pereda. ¡Por supuesto que es redonda!, se respondió, y luego se sentó en una vieja banca de madera pegada a la pared de las oficinas de la estación y se dispuso a matar el tiempo. Recordó, como era inevitable, el cuento *El Sur*, de Borges, y tras imaginarse la pulpería de los párrafos finales los ojos se le humedecieron. Después recordó el argumento de la última novela del Bebe, vio a su hijo escribiendo en un ordenador, en la incomodidad de una habitación en una universidad del Medio Oeste norteamericano. Cuando el Bebe regrese y sepa que he vuelto a la estancia..., pensó con entusiasmo. La resolana y la brisa tibia que llegaba a rachas de la pampa lo adormecieron y se durmió. Despertó al sentir que una mano lo remecía. Un tipo tan mayor como él y vestido con un viejo uniforme de ferrocarrilero le preguntó qué estaba haciendo allí. Dijo que era el dueño de la estancia

Álamo Negro. El tipo se lo quedó mirando un rato y luego dijo: El juez. Así es, contestó Pereda, hubo un tiempo en que fui juez. ¿Y no se acuerda de mí, señor juez? Pereda lo miró con atención: el hombre necesitaba un uniforme nuevo y un corte de pelo urgente. Negó con la cabeza. Soy Severo Infante, dijo el hombre. Su compañero de juego, cuando usted y yo éramos chicos. Pero, che, de eso hace mucho, cómo me podría acordar, respondió Pereda, y hasta la voz, no digamos las palabras que empleó, le parecieron ajenas, como si el aire de Capitán Jourdan ejerciera un efecto tónico en sus cuerdas vocales o en su garganta.

Es verdad, tiene razón, señor juez, dijo Severo Infante, pero yo igual lo pienso celebrar. Dando saltitos, como si imitara a un canguro, el empleado de la estación se perdió en el interior de la boletería y cuando salió llevaba una botella y un vaso. A su salud, dijo, y le ofreció a Pereda el vaso que llenó hasta la mitad de un líquido transparente que parecía alcohol puro y que sabía a tierra quemada y a piedras. Pereda probó un sorbo y dejó el vaso sobre la banca. Dijo que ya no bebía. Luego se levantó y le preguntó hacia dónde quedaba su estancia. Salieron por la puerta trasera. Capitán Jourdan, dijo Severo, queda en esa dirección, nada más cruzar el charquito seco. Álamo Negro queda en esa otra, un poco más lejos, pero no hay manera de perderse si uno llega de día. Tené cuidado con la salud, dijo Pereda, y echó a andar en dirección a su estancia.

La casa principal estaba casi en ruinas. Aquella noche hizo frío y Pereda trató de juntar algunos palitos y encender una fogata, pero no encontró nada y al final se arrebujó en su abrigo, puso la cabeza encima de la maleta y se quedó dormido pensando que mañana sería otro día. Se despertó con las primeras luces del alba. El pozo aún funcionaba, aunque el balde había desaparecido y la cuerda estaba podrida. Necesito comprar cuerda y balde, pensó. Desayunó lo que le quedaba de una bolsita de maní que había comprado en el tren e inspeccionó las innumerables habitaciones de techo bajo de la estancia. Luego se dirigió a Capitán Jourdan y por el camino se extrañó de no ver reses y sí conejos. Los observó con inquietud. Los conejos de vez en cuando saltaban y se le acercaban, pero bastaba con agitar los brazos para que desaparecieran. Aunque nunca fue aficionado a las armas de fuego, en ese momento le hubiera gustado tener una. Por lo demás, la caminata le sentó bien: el aire era puro, el cielo era claro, no hacía ni frío ni calor, de vez en cuando divisaba un árbol perdido en la pampa y esta visión se le antojaba poética, como si el árbol y la austera escenografía del campo desierto hubieran estado allí sólo para él, esperándolo con segura paciencia.

Capitán Jourdan no tenía pavimentada ninguna de sus calles y las fachadas de las casas exhibían una gruesa costra de polvo. Al entrar en el pueblo vio a un hombre durmiendo junto a unos maceteros con flores de plástico. Qué dejadez, Dios mío, pensó. La plaza de armas era grande y el edificio de la municipalidad, de ladrillos, confería al conjunto de edificaciones chatas y abandonadas un ligero aire de civilización.

Le preguntó a un jardinero que estaba sentado en la plaza fumándose un cigarrillo dónde podía encontrar una ferretería. El jardinero lo miró con curiosidad y luego lo acompañó hasta dejarlo en la puerta de la única ferretería del pueblo. El dueño, un indio, le vendió todo el cordel que tenía, cuarenta metros de soga trenzada, que Pereda examinó largo rato, como si buscara hilachas. Apúntelo a mi cuenta, dijo cuando hubo elegido las mercancías. El indio lo miró sin entender. ¿A la cuenta de quién?, dijo. A la cuenta de Manuel Pereda, dijo Pereda mientras amontonaba sus nuevas posesiones en un rincón de la ferretería. Después le preguntó al indio dónde podía comprar un caballo. El indio se encogió de hombros. Aquí ya no quedan caballos, dijo, sólo conejos. Pereda pensó que se trataba de un chiste y soltó una risa seca y breve. El jardinero, que los miraba desde el umbral, dijo que en la estancia de don Dulce podía uno agenciarse un overo rosado. Pereda le pidió las señas de la estancia y el jardinero lo acompañó un par de calles, hasta un solar lleno de escombros. Más allá sólo había campo.

La estancia se llamaba Mi Paraíso y no parecía tan abandonada como Álamo Negro. Unas gallinas picoteaban por el patio. La puerta del galpón estaba arrancada de sus goznes y alguien la había apoyado a un lado, contra una pared. Unos niños de rasgos aindiados jugaban con unas boleadoras. De la casa principal salió una mujer y le dio las buenas tardes. Pereda le pidió un vaso de agua. Mientras bebía le preguntó si allí vendían un caballo. Tiene que esperar al patrón, dijo la mujer, y volvió a entrar en la casa. Pereda se sentó junto al aljibe y se entretuvo espantando las moscas que salían de todas partes, como si en el patio estuvieran encurtiendo carne, aunque los únicos encurtidos que Pereda conocía eran los picles que hacía muchos años compraba en una tienda que los importaba directamente de Inglaterra. Al cabo de una hora, oyó los ruidos de un jeep y se levantó.

Don Dulce era un tipo bajito, rosado, de ojos azules, vestido con una camisa blanca de manga corta pese a que a esa hora ya empezaba a refrescar. Junto a él se bajó un gaucho ataviado con bombachas y chiripá, aún más bajo que don Dulce, que lo miró de reojo y luego se puso a trasladar pieles de conejo al galpón. Pereda se presentó a sí mismo. Dijo que era el dueño de Álamo Negro, que tenía pensado hacer algunos arreglos en la estancia y que necesitaba comprar un caballo. Don Dulce lo invitó a comer. A la mesa se sentaron el anfitrión, la mujer que había visto, los niños, el gaucho y él. La chimenea la usaban no para calentarse sino para asar trozos de carne. El pan era duro, sin levadura, como el pan ácimo de los judíos, pensó Pereda, cuya mujer era judía, como recordó con un asomo de nostalgia. Pero ninguno de la estancia Mi Paraíso parecía judío. Don Dulce hablaba como un criollo aunque a Pereda no se le pasaron por alto algunas expresiones de compadrito porteño, como si don Dulce se hubiera criado en Villa Luro y llevara relativamente poco tiempo viviendo en la pampa.

No hubo ningún problema a la hora de venderle

el caballo. En cualquier caso Pereda no se vio en el brete de escoger, pues sólo había un caballo a la venta. Cuando dijo que tal vez iba a tardar un mes en pagárselo don Dulce no puso objeción, pese a que el gaucho, que no dijo una palabra durante toda la cena, lo miró con ojos desconfiados. Al despedirse le ensillaron el caballo y le indicaron el rumbo que tenía que tomar.

¿Cuánto tiempo hace que no monto?, pensó Pereda. Durante unos segundos temió que sus huesos, hechos al confort de Buenos Aires y los sillones de Buenos Aires, se fueran a romper. La noche era oscura como boca de lobo. La expresión le pareció a Pereda una estupidez. Probablemente las noches europeas fueran oscuras como bocas de lobo, no las noches americanas, que más bien eran oscuras como el vacío, un sitio sin agarraderos, un lugar aéreo, pura intemperie, ya fuera por arriba o por abajo. Que le llueva finito, oyó que le gritaba don Dulce. A la buena de Dios, le respondió desde la oscuridad.

En el camino de regreso a su estancia se quedó dormido un par de veces. En una vio una lluvia de sillones que sobrevolaba una gran ciudad que al final reconoció como Buenos Aires. Los sillones, de pronto, entraban en combustión y procedían a quemarse iluminando el cielo de la ciudad. En otra se vio a sí mismo montado en un caballo, junto a su padre, alejándose ambos de Álamo Negro. El padre de Pereda parecía compungido. ¿Cuándo volveremos?, le preguntaba el niño. Nunca más, Manuelito, decía su padre. Despertó de esta última cabezada en una calle de

Capitán Jourdan. En una esquina vio una pulpería abierta. Oyó voces, alguien que rasgueaba una guitarra, que la afinaba sin decidirse jamás a tocar una canción determinada, tal como había leído en Borges. Por un instante pensó que su destino, su jodido destino americano, sería semejante al de Dalhman, y no le pareció justo, en parte porque había contraído deudas en el pueblo y en parte porque no estaba preparado para morir, aunque bien sabía Pereda que uno nunca está preparado para ese trance. Una inspiración repentina lo hizo entrar montado en la pulpería. En el interior había un gaucho viejo, que rasgueaba la guitarra, el encargado y tres tipos más jóvenes sentados a una mesa, que dieron un salto no más vieron entrar el caballo. Pereda pensó, con íntima satisfacción, que la escena parecía extraída de un cuento de Di Benedetto. Endureció, sin embargo, el rostro y se arrimó a la barra recubierta con una plancha de zinc. Pidió un vaso de aguardiente que bebió con una mano mientras con la otra sostenía disimuladamente el rebenque, ya que aún no se había comprado un facón, que era lo que la tradición mandaba. Al marcharse, después de pedirle al pulpero que le anotara la consumición en su cuenta, mientras pasaba junto a los gauchos jóvenes, para reafirmar su autoridad, les pidió que se hicieran a un lado, que él iba a escupir. El gargajo, virulento, salió casi de inmediato disparado de sus labios y los gauchos, asustados y sin entender nada, sólo alcanzaron a dar un salto. Que les llueva finito, dijo antes de perderse una vez más en la oscuridad de Capitán Jourdan.

A partir de entonces Pereda iba cada día al pueblo montado en su caballo, al que puso por nombre José Bianco. Generalmente iba a comprar utensilios que le servían para reparar la estancia, pero también se entretenía conversando con el jardinero, el pulpero, el ferretero, cuyas existencias mermaba diariamente, engordando así la cuenta que tenía con cada uno de ellos. A estas tertulias pronto se añadieron otros gauchos y comerciantes, y a veces hasta los niños iban a escuchar las historias que contaba Pereda. En ellas, por supuesto, siempre salía bien parado, aunque no eran precisamente historias muy alegres. Contaba, por ejemplo, que había tenido un caballo muy parecido a José Bianco, y que se lo habían matado en un entrevero con la policía. Por suerte yo fui juez, decía, y la policía cuando topa con los jueces o ex jueces suele recular.

La policía es el orden, decía, mientras que los jueces somos la justicia. ¿Captan la diferencia, muchachos? Los gauchos solían asentir, aunque no todos sabían de qué hablaba.

Otras veces se acercaba a la estación, donde su amigo Severo se entretenía recordando las travesuras de la infancia. Para sus adentros, Pereda pensaba que no era posible que él hubiera sido tan tonto como lo pintaba Severo, pero lo dejaba hablar hasta que se cansaba o se dormía y entonces el abogado salía al andén y esperaba el tren que debía traerle una carta.

Finalmente la carta llegó. En ella su cocinera le explicaba que la vida en Buenos Aires era dura pero que no se preocupara pues tanto ella como la sirvienta seguían yendo una vez cada dos días a la casa, que relucía. Había departamentos en el barrio que con la crisis parecían haber caído en una entropía repentina, pero su departamento seguía tan limpio y señorial y habitable como siempre, o puede que más, ya que el uso, que desgasta las cosas, había disminuido casi hasta desaparecer. Luego pasaba a contarle pequeños chismes sobre los vecinos, chismes teñidos de fatalismo, pues todos se sentían estafados y no vislumbraban ninguna luz al final del túnel. La cocinera creía que la culpa era de los peronistas, manta de ladrones, mientras que la sirvienta, más demoledora, echaba la culpa a todos los políticos y en general al pueblo argentino, masa de borregos que finalmente habían conseguido lo que se merecían. Sobre la posibilidad de girarle dinero, ambas estaban en ello, de eso podía tener absoluta certeza, el problema es que aún no habían dado con la fórmula de hacerle llegar la plata sin que los crotos la sustrajeran por el camino.

Al atardecer, mientras volvía a Álamo Negro al tranco, el abogado solía ver a lo lejos unas taperas que el día anterior no estaban. A veces, una delgada columna de humo salía de la tapera y se perdía en el cielo inmenso de la pampa. Otras veces se cruzaba con el vehículo en el que se movían don Dulce y su gaucho y se quedaban un rato hablando y fumando, unos sin bajarse del jeep y el abogado sin desmontar de José Bianco. Durante esas travesías don Dulce se dedicaba a cazar conejos. Una vez Pereda le preguntó cómo los cazaba y don Dulce le dijo a su gaucho que le mostrara una de sus trampas, que era un híbrido entre una pajarera y una trampa de ratones. En el jeep, de todas formas, nunca vio ningún conejo, sólo las pieles, pues el gaucho se encargaba de desollarlos en el mismo lugar donde dejaba las trampas. Cuando se despedían, Pereda siempre pensaba que el oficio de don Dulce no engrandecía a la patria sino que la achicaba. ¿A qué gaucho de verdad se le puede ocurrir vivir de cazar conejos?, pensaba. Luego le daba una palmada cariñosa a su caballo, vamos, che, José Bianco, sigamos, le decía, y volvía a la estancia.

Un día apareció la cocinera. Le traía dinero. El viaje de la estación a la estancia lo hicieron ella montada al anca y la otra mitad ambos a pie, en silencio, contemplando la pampa. Por entonces la estancia estaba más habitable que como la encontrara Pereda y comieron guisado de conejo y luego la cocinera, a la luz de un quinqué, le hizo las cuentas del dinero que traía, de dónde lo había sacado, qué objetos de la casa había tenido que malvender para conseguirlo. Pereda no se tomó la molestia de contar los billetes. A la mañana siguiente, al despertar, vio que la cocinera había trabajado toda la noche en adecentar algunas habitaciones. La reprendió dulcemente por ello. Don Manuel, le dijo ella, esto parece un chiquero de chanchos.

Dos días más tarde la cocinera, pese a los ruegos del abogado, tomó el tren y volvió a Buenos Aires. Yo sin Buenos Aires me siento otra, le explicó mientras esperaban, únicos viajeros, en el andén. Y ya soy demasiado vieja para sentirme otra. Las mujeres siempre son las mismas, pensó Pereda. Todo está cambiando, le explicó la cocinera. La ciudad estaba llena de mendigos y la gente decente hacía ollas comunes en los barrios para tener algo que echarse al estómago. Había como diez tipos de moneda, sin contar la oficial. Nadie se aburría. Se desesperaban, pero no se aburrían. Mientras hablaba, Pereda miraba los conejos que se asomaban al otro lado de las vías. Los conejos los miraban a ellos y luego pegaban un salto y se perdían por el campo. A veces pareciera que estas tierras estén llenas de piojos o de pulgas, pensó el abogado. Con el dinero que le trajo la cocinera canceló sus deudas y contrató a un par de gauchos para arreglar los techos de la estancia, que se estaban viniendo abajo. El problema era que él no sabía nada de carpintería y los gauchos menos.

Uno se llamaba José y debía de andar por los setenta años. No tenía caballo. El otro se llamaba Campodónico y probablemente era menor, aunque tal vez fuera mayor. Los dos vestían bombachas, pero se cubrían la cabeza con gorros hechos por ellos mismos con pieles de conejo. Ninguno de los dos tenía familia, por lo que al cabo de poco tiempo se instalaron a vivir en Álamo Negro. Por las noches, a la luz de una hoguera, Pereda mataba el tiempo contándoles aventuras que sólo habían sucedido en su imaginación. Les hablaba de Argentina, de Buenos Aires y de la pampa, y les preguntaba con cuál de las tres se quedaban. Argentina es una novela, les decía, por lo tanto es falsa o por lo menos mentirosa. Buenos Aires es tierra de ladrones y compadritos, un lugar similar al infierno, donde lo único que valía la pena eran las mujeres y a veces, pero muy raras veces, los escritores. La pampa, en cambio, era lo eterno. Un camposanto sin límites es lo más parecido que uno puede hallar. ¿Se imaginan un camposanto sin límites, pibes?, les preguntaba. Los gauchos se sonreían y le decían que francamente era difícil imaginar algo así, pues los camposantos son para los humanos y los humanos, aunque numerosos, ciertamente tenían un límite. Es que el camposanto del que les hablo, contestaba Pereda, es la copia fiel de la eternidad.

Con el dinero que aún le quedaba se fue a Coronel Gutiérrez y compró una yegua y un potro. La yegua se dejaba montar, pero el potro no servía casi para nada y encima había que atenderlo con extremo cuidado. A veces, por las tardes, cuando se aburría de trabajar o de no hacer nada, se iba con sus gauchos a Capitán Jourdan. Él montaba a José Bianco y los gauchos montaban la yegua. Cuando entraba en la pulpería un silencio respetuoso se extendía por el local. Alguna gente jugaba al truco y otros a las damas. Cuando el alcalde, un tipo depresivo, aparecía por allí, no faltaban cuatro valientes para echarse una partida de monopoly hasta el amanecer. A Pereda esta costumbre de jugar (ya no digamos de jugar al monopoly) le parecía bastarda y ofensiva. Una pulpería es un sitio donde la gente conversa o escucha en silencio las conversaciones ajenas, pensaba. Una pulpería es como un aula vacía. Una pulpería es una iglesia humeante.

Ciertas noches, sobre todo cuando aparecían por allí gauchos provenientes de otras zonas o viajantes

35

de comercio despistados, le entraban unas ganas enormes de armar una pelea. Nada serio, un visteo, pero no con palitos tiznados sino con navajas. Otras veces se quedaba dormido entre sus dos gauchos y soñaba con su mujer que llevaba de la mano a sus niños y le reprochaba el salvajismo en el que había caído. ¿Y el resto del país qué?, le contestaba el abogado. Pero eso no es una excusa, che, le reprochaba la señora Hirschman. Entonces el abogado pensaba que su mujer tenía razón y se le llenaban los ojos de lágrimas.

Sus sueños, sin embargo, solían ser tranquilos y cuando se levantaba por las mañanas estaba animoso y con ganas de trabajar. Aunque la verdad es que en Álamo Negro se trabajaba poco. La reparación del techado de la estancia fue un desastre. El abogado y Campodónico intentaron hacer una huerta y para tal fin compraron semillas en Coronel Gutiérrez, pero la tierra parecía rechazar cualquier semilla extraña. Durante un tiempo el abogado intentó que el potro, al que llamaba «mi semental», cruzara a la yegua. Si luego ésta paría una potrilla, mejor que mejor. De esta manera, imaginaba, podía en poco tiempo hacerse con una cuadra equina que impulsaría todo lo demás, pero el potro no parecía interesado en cubrir a la yegua y en varios kilómetros a la redonda no encontró a ningún otro dispuesto a hacerlo, pues los gauchos habían vendido sus caballos al matadero y ahora andaban a pie o en bicicleta o pedían autostop por las interminables pistas de la pampa.

Hemos caído muy bajo, decía Pereda a su auditorio, pero aún podemos levantarnos como hombres y buscar una muerte de hombres. Para sobrevivir, él también tuvo que poner trampas para conejos. Durante los atardeceres, cuando salían de la estancia, a menudo dejaba que fueran José y Campodónico, más otro gaucho que se les había unido, apodado el Viejo, quienes vaciaran las trampas, y él enfilaba en dirección a las taperas. La gente que encontraba allí era gente joven, más joven que ellos, pero al mismo tiempo era gente tan mal dispuesta al diálogo, tan nerviosa, que no valía la pena ni siquiera invitarla a comer. Los cercos de alambre, en algunas partes, aún se mantenían en pie. De vez en cuando se acercaba a la línea férrea y se quedaba largo rato esperando que pasara el tren, sin desmontarse del caballo, comiendo ambos briznas de hierba, y en no pocas ocasiones el tren no pasó nunca, como si ese pedazo de Argentina se hubiera borrado no sólo del mapa sino de la memoria.

Una tarde, mientras trataba inútilmente de que su potro montara a la yegua, vio un auto que atravesaba la pampa y se dirigía directamente a Álamo Negro. El auto se detuvo en el patio y de él descendieron cuatro hombres. Le costó reconocer a su hijo. Lo mismo le pasó al Bebe cuando vio a aquel viejo barbado y de larga melena enmarañada que vestía bombachas y llevaba el torso desnudo y requemado por el sol. Hijo de mi alma, dijo Pereda al abrazarlo, sangre de mi sangre, justificación de mis días, y habría podido seguir si el Bebe no lo hubiera detenido para presentarle a sus amigos, dos escritores de Buenos Aires y el editor Ibarrola, que amaba los libros y la naturaleza y subvencionaba el viaje. En honor a los invitados de su hijo, aquella noche el abogado mandó hacer una gran fogata en el patio y trajo de Capitán Jourdan al gaucho que mejor rasgueaba la guitarra, advirtiéndole antes que se limitara estrictamente a eso, a rasguearla, sin emprender ninguna canción en particular, tal como correspondía hacer en el campo.

De Capitán Jourdan, asimismo, le enviaron diez litros de vino y un litro de aguardiente, que Campodónico y José trajeron en la camioneta del intendente. También hizo acopio de conejos y asó uno por persona, aunque la gente de la ciudad no mostró un entusiasmo muy grande por dicho tipo de carne. Aquella noche, además de sus gauchos y de los porteños, se juntaron más de treinta personas alrededor de la fogata. Antes de que empezara la fiesta Pereda, en voz alta, advirtió que no quería peleas, algo que estaba fuera de lugar, pues los lugareños eran gente pacífica, a la que le costaba trabajo matar a un conejo. Pese a esto, sin embargo, el abogado pensó en habilitar uno de los innumerables cuartos para que quienes se sumaran al jolgorio depositaran allí los cuchillitos y facas, pero luego pensó que tal medida, ciertamente, era un poco exagerada.

A las tres de la mañana los hombres de respeto habían emprendido el camino de vuelta a Capitán Jourdan y en la estancia sólo quedaban algunos jóvenes que no sabían qué hacer, pues ya se había acabado la comida y la bebida y los porteños hacía rato que dormían. Por la mañana el Bebe intentó convencer a su padre de que regresara con él a Buenos Aires. Las cosas, allí, le dijo, poco a poco se estaban solucionando y a él, personalmente, no le iba mal. Le entregó un libro, uno de los muchos regalos que le había traído, y le dijo que se había publicado en España. Ahora soy un escritor reconocido en toda Latinoamérica, le aseguró. El abogado, francamente, no sabía de qué le hablaba. Cuando le preguntó si se había casado y el Bebe respondió que no, le recomendó que se buscara una india y que se viniera a vivir a Álamo Negro.

Una india, repitió el Bebe con una voz que al abogado le pareció soñadora.

Entre los otros regalos que le trajo su hijo estaba una pistola Beretta 92, con dos cargadores y una caja de munición. El abogado miró la pistola con asombro. Francamente, ¿creés que la voy a precisar?, dijo. Eso nunca se sabe. Aquí estás muy solo, dijo el Bebe. En lo que quedaba de mañana le ensillaron la yegua a Ibarrola, que quería echar una miradita a los campos, y Pereda lo acompañó montado en José Bianco. Durante dos horas el editor se deshizo en elogios de la vida bucólica y asilvestrada que, según él, hacían los vecinos de Capitán Jourdan. Cuando vio la primera tapera echó a galopar pero antes de llegar a ésta, que estaba mucho más lejos de lo que había imaginado, un conejo le saltó al cuello y le mordió. El grito del editor se apagó de inmediato en la inmensidad.

Desde su posición, Pereda sólo vio una mancha oscura que salía del suelo, trazaba un arco hasta la cabeza del editor y luego desaparecía. Vasco de mierda, pensó. Espoleó a José Bianco y cuando alcanzó a Ibarrola, éste se cubría el cuello con una mano y la cara con la otra. Sin una sola palabra le apartó la mano. Debajo de la oreja tenía un arañazo y sangraba. Le preguntó si tenía un pañuelo. El editor respondió afirmativamente y sólo entonces se dio cuenta de que estaba llorando. Póngase el pañuelo en la herida, le dijo. Luego cogió las riendas de la yegua y se acercaron a la tapera. No había nadie y no descabalgaron. Mientras volvían a la estancia el pañuelo que Ibarrola sujetaba contra la herida se fue tiñendo de rojo. No hablaron. Ya en la estancia, Pereda ordenó a sus gauchos que desvistieran de cintura para arriba al editor y lo tumbaran sobre una mesa en el patio, luego le lavó la herida, calentó un cuchillo y con la hoja al rojo vivo procedió a cauterizarla y finalmente le improvisó un apósito con otro pañuelo que sujetó con un vendaje improvisado: una de sus camisas viejas, que hizo empapar en aguardiente, en el poco aguardiente que quedaba, una medida más ritual que efectiva, pero que con probarla nada se perdía.

Cuando su hijo y los dos escritores regresaron de dar un paseo por Capitán Jourdan encontraron a Ibarrola desmayado aún sobre la mesa y a Pereda sentado en una silla junto a él, mirándolo con la misma concentración que un estudiante de medicina. Detrás de Pereda, absortos asimismo en el herido, estaban los tres gauchos de la estancia.

Sobre el patio caía un sol inmisericorde. La madre que lo parió, gritó uno de los amigos del Bebe, tu papá nos ha matado al editor. Pero el editor no estaba muerto y cuando se recuperó, salvo por la cicatriz, que solía mostrar con orgullo y que explicaba era debida a la picadura de una culebra saltadora y a su posterior cauterización, dijo sentirse mejor que nunca, aunque esa misma noche se marchó con los escritores a Buenos Aires.

A partir de ese momento las visitas de la ciudad no escasearon. En ocasiones aparecía el Bebe solo, con su traje de montar y sus cuadernos en donde escribía historias vagamente policiales y melancólicas. En otras ocasiones llegaba el Bebe con personalidades porteñas, que generalmente eran escritores pero entre las que no era raro encontrar a un pintor, que era el tipo de invitado que Pereda más apreciaba, pues los pintores, vaya uno a saber por qué, sabían mucho más de carpintería y albañilería que el gauchaje que solía mosconear todo el día alrededor de Álamo Negro.

Una vez llegó el Bebe con una psiquiatra. La psiquiatra era rubia y tenía los ojos azules acerados y los pómulos altos, como una figurante de *El anillo de los Nibelungos.* Su único defecto, según Pereda, era que hablaba mucho. Una mañana la invitó a salir a dar un paseo. La psiquiatra aceptó. Le ensillaron la yegua y Pereda montó a José Bianco y partieron en dirección oeste. Durante el paseo la psiquiatra le habló de su trabajo en un sanatorio de Buenos Aires. La gente, le dijo o se lo dijo a los conejos que a veces, subrepticiamente, acompañaban durante un trecho a los jinetes, estaba cada día más desequilibrada, hecho comprobado que llevaba a la psiquiatra a deducir que tal vez el desequilibrio mental no fuera una enfermedad sino una forma de normalidad subyacente, una normalidad vecina a la normalidad que el común de los mortales admitía. A Pereda estas palabras le sonaban a chino, pero como la belleza de la invitada de su hijo lo cohibía se guardó de realizar ningún comentario al respecto. Al mediodía se detuvieron y comieron charqui de conejo y vino. El vino y la carne, una carne oscura que brillaba como el alabastro al ser tocada por la luz y que parecía hervir literalmente de proteínas, propiciaron en la psiquiatra la vena poética y a partir de entonces, según pudo apreciar con el rabillo del ojo Pereda, se desmelenó.

Con voz bien timbrada se puso a citar versos de Hernández y de Lugones. Se preguntó en voz alta dónde se había equivocado Sarmiento. Enumeró bibliografías y gestas mientras los caballos, a buen trote, seguían imperterritos hacia el oeste, hasta lugares adonde el mismo Pereda no había llegado nunca y a los cuales se alegraba de encaminarse en tan buena aunque en ocasiones latosa compañía. A eso de las cinco de la tarde divisaron en el horizonte el esqueleto de una estancia. Felices, espolearon a sus cabalgaduras en aquella dirección, pero cuando dieron las seis aún no habían llegado, lo que llevó a la psiquiatra a observar lo engañosas que resultaban a veces las distancias. Cuando por fin llegaron salieron a recibirlos cinco o seis niños desnutridos y una mujer vestida con una pollera amplísima y excesivamente abultada, como si debajo de la pollera, enroscada sobre sus piernas, portara un animal vivo. Los niños no le quitaban ojo a la psiquiatra, la cual al principio insistió en un comportamiento maternal, del que no tardaría en renegar al sorprender en los ojos de los pequeños una intención torva, como luego le explicó a Pereda, un plan avieso escrito, según ella, en una lengua llena de consonantes, de gañidos, de rencores.

Pereda, que cada vez estaba más convencido de que la psiquiatra no estaba muy bien de la cabeza, aceptó la hospitalidad de la mujer, la cual, durante la cena, que hicieron en un cuarto lleno de fotografías antiguas, les explicó que hacía mucho tiempo que los patrones se habían marchado a la ciudad (no supo decirles qué ciudad) y que los peones de la estancia, al verse privados de un jornal mensual, poco a poco fueron desertando. También les habló de un río y de unas crecidas, aunque Pereda no tenía ni idea de dónde se encontraba ese río ni nadie en Capitán Jourdan le había hablado de crecidas. Comieron, como era de esperar, guisado de conejo, que la mujer sabía cocinar con maña. Antes de marcharse Pereda les indicó dónde estaba Álamo Negro, su estancia, por si algún día se cansaban de vivir allí. Pago poco, pero al menos hay compañía, les dijo con voz grave, como si les explicara que tras la vida venía la muerte. Luego reunió a su alrededor a los niños y procedió a darles tres consejos. Cuando hubo terminado de hablar vio que la psiquiatra y la mujer polleruda se habían quedado dormidas, sentadas en sendas sillas. Comenzaba a amanecer cuando se marcharon. Sobre la pampa rielaba la luna llena y de tanto en tanto veían el salto de algún conejo, pero Pereda no les hacía caso y tras permanecer largo rato en silencio se puso a canturrear una canción en francés que a su difunta le gustaba.

La canción hablaba de un muelle y de neblina, de amantes infieles, como son todos los amantes a fin de cuentas, pensó comprensivo, y de escenarios rotundamente fieles.

A veces Pereda, mientras recorría montado en José Bianco o a pie los lindes difusos de su estancia, pensaba que nada sería como antes si no volvía el ganado. Vacas, gritaba, ¿dónde están?

En invierno la mujer polleruda llegó seguida de los niños a Álamo Negro y las cosas cambiaron. Alguna gente de Capitán Jourdan ya la conocía y se alegró de volverla a ver. La mujer no hablaba mucho pero sin duda trabajaba más que los seis gauchos que para entonces Pereda tenía en nómina, lo cual es un decir, pues a menudo se pasaba meses sin pagarles. De hecho, algunos de los gauchos tenían una noción del tiempo, por llamarlo así, distinta de la normal. El mes podía tener cuarenta días sin que eso les causara dolor de cabeza. Los años cuatrocientos cuarenta días. En realidad, ninguno de ellos, incluido Pereda, procuraba pensar en ese tema. Había gauchos que hablaban al calor de la lumbre de electroshocks y otros que hablaban como comentaristas deportivos expertos, sólo que los partidos de fútbol que mentaban habían sucedido mucho tiempo atrás, cuando ellos tenían veinte años o treinta y pertenecían a alguna barra brava. La puta que los parió, pensaba Pereda con ternura, una ternura varonil, eso sí.

Una noche, harto de oír a aquellos viejos soltar frases deshilachadas sobre hospitales psiquiátricos y barrios miserables donde los padres dejaban sin leche a sus hijos por seguir a su equipo en desplazamientos legendarios, les preguntó qué opinión tenían sobre la política. Los gauchos, al principio, se mostraron renuentes a hablar de política, pero, tras animarlos, al final resultó que todos ellos, de una forma o de otra, añoraban al general Perón.

Hasta aquí podemos llegar, dijo Pereda, y sacó su cuchillo. Durante unos segundos pensó que los gauchos harían lo mismo y que aquella noche se iba a cifrar su destino, pero los viejos retrocedieron temerosos y le preguntaron, por Dios, qué le pasaba, qué le habían hecho ellos, qué mosca le había picado. La luz de la fogata concedía a sus rostros un aspecto atigrado, pero Pereda, temblando con el cuchillo en la mano, pensó que la culpa argentina o la culpa latinoamericana los había transformado en gatos. Por eso en vez de vacas hay conejos, se dijo a sí mismo mientras se daba la vuelta y se dirigía a su habitación.

No los carneo aquí mismo porque me dan pena, les gritó.

A la mañana siguiente temió que los gauchos hubieran regresado a Capitán Jourdan, pero los encontró a todos, algunos trabajando en el patio, otros mateando junto a la fogata, como si no hubiera pasado nada. Pocos días después llegó la polleruda de la estancia del oeste y Álamo Negro empezó a progresar, empezando por la comida, pues la mujer sabía cómo cocinar de diez maneras diferentes un conejo, dónde encontrar especias, cuál era la técnica para hacer un huerto y así tener verduras y hortalizas.

Una noche la mujer recorrió la galería y se metió en el cuarto de Pereda. Vestía únicamente unas enaguas y el abogado le hizo sitio en su cama y se pasó el resto de la noche mirando el cielo raso y sintiendo junto a sus costillas ese cuerpo tibio y desconocido. Cuando ya amanecía se durmió y al despertar la mujer ya no estaba allí. Amancebado con una china, dijo el Bebe después de que su padre lo pusiera al corriente. Sólo técnicamente, puntualizó el abogado. Para entonces, pidiendo préstamos aquí y allá, había logrado aumentar la cabaña caballar y conseguido cuatro vacas. Las tardes en que estaba aburrido ensillaba a José Bianco y salía a pasear a las vacas. Los conejos, que en su vida habían visto una vaca, las miraban con asombro.

Parecía que Pereda y las vacas se dirigían hacia el fin del mundo, pero sólo habían salido a dar una vuelta.

Una mañana aparecieron en Álamo Negro una doctora y un enfermero. Después de haberse quedado cesantes en Buenos Aires ahora trabajaban para una ONG española como servicio móvil de atención primaria. La doctora quería hacerles pruebas a los gauchos para comprobar que no tuvieran hepatitis. Cuando volvieron, al cabo de una semana, Pereda los agasajó lo mejor que pudo. Hizo arroz con conejo, que la doctora dijo que sabía mejor que una paella valenciana, y luego procedió a vacunar gratis a todos los gauchos. A la cocinera le entregó un frasco con comprimidos, diciéndole que le suministrara uno a cada niño todas las mañanas. Antes de que se marcharan Pereda quiso saber cómo se encontraba su gente. Anémicos, le respondió la doctora, pero nadie tiene hepatitis B o C. Es un alivio saberlo, dijo Pereda. Sí, en cierta forma es un alivio, dijo la doctora.

Antes de que se marcharan Pereda le echó una ojeada al interior de la camioneta en la que viajaban. En la parte trasera había un revoltijo de sacos de dormir y cajas con medicinas y desinfectantes para primeros auxilios. ¿Adónde van ahora?, quiso saber. Al sur, le dijo la doctora. Tenía los ojos enrojecidos y el abogado no supo si era por falta de sueño o por haber estado llorando. Cuando la camioneta se alejó y sólo quedó la polvareda, pensó que los iba a echar de menos.

Esa noche les habló a los gauchos reunidos en la pulpería. Yo creo, les dijo, que estamos perdiendo la memoria. En buena hora, por lo demás. Los gauchos por primera vez lo miraron como si entendieran el alcance de sus palabras mejor que él. Poco tiempo después le llegó una carta del Bebe en la que le anunciaba que tenía que ir a Buenos Aires a firmar unos papeles para proceder a la venta de su casa. ¿Qué hago, pensó Pereda, tomo el tren o voy a caballo? Aquella noche casi no pudo dormir. Se imaginaba a la gente que se agolpaba en las aceras mientras él entraba montado en José Bianco. Autos detenidos, policías mudos, un canillita sonriendo, potreros desolados en donde sus compatriotas jugaban al fútbol con la parsimonia que provoca la malnutrición. Pereda entrando en Buenos Aires, bajo esta escenografía, tenía la misma resonancia que Jesucristo entrando en Jerusalén o en Bruselas, según un cuadro de Ensor. Todos los seres humanos, pensó dando vueltas en la cama, en alguna ocasión de nuestras vidas entramos en Jerusalén. Sin excepciones. Algunos luego ya no salen. Pero la mayoría sale. Y luego somos prendidos y luego crucificados. Máxime si se trata de un pobre gaucho.

También imaginó una calle del centro, una calle muy bonita que tenía lo mejor de cada calle de Buenos Aires, en donde él se adentraba montado en su fiel José Bianco, mientras de los pisos superiores empezaba a caer una lluvia de flores blancas. ¿Quiénes arrojaban las flores? Eso no lo sabía, pues tanto la calle como las ventanas de los edificios estaban vacías. Deben ser los muertos, reflexionó Pereda en su duermevela. Los muertos de Jerusalén y los muertos de Buenos Aires.

A la mañana siguiente habló con la cocinera y los gauchos y les comunicó que iba a ausentarse durante un tiempo. Nadie dijo nada, pero por la noche, mientras cenaban, la polleruda le preguntó si iba a Buenos Aires. Pereda movió la cabeza afirmativamente. Entonces cuídese y que le llueva finito, dijo la mujer.

Dos días después tomó el tren y rehízo de vuelta el camino que había emprendido hacía más de tres años. Cuando llegó a la estación Constitución alguna gente lo miró como si estuviera disfrazado, pero a la mayoría no parecía importarle gran cosa ver a un viejo vestido a medias de gaucho y a medias de trampero de conejos. El taxista que lo llevó hasta su casa quiso saber de dónde venía y como Pereda permanecía enclaustrado en sus cavilaciones le preguntó si sabía hablar en español. Por toda respuesta Pereda extrajo de la sisa su cuchillo y comenzó a cortarse las uñas, que tenía largas como gato montés.

En su casa no halló a nadie. Debajo del felpudo estaban las llaves y entró. La casa parecía limpia, incluso excesivamente limpia, pero olía a bolitas de alcanfor. Agotado, Pereda se arrastró a su dormitorio y se tiró en la cama sin sacarse las botas. Cuando despertó había anochecido. Se dirigió a la sala sin encender ninguna luz y telefoneó a su cocinera. Primero habló con su marido, que quiso saber quién llamaba y que no pareció muy convencido cuando le dijo quién era. Luego la cocinera se puso al aparato. Estoy en Buenos Aires, Estela, le dijo. La cocinera no pareció sorprendida. Aquí cada día ocurre algo nuevo, respondió cuando Pereda le preguntó si no le alegraba saberlo en casa. Luego quiso llamar a su otra empleada, pero una voz femenina e impersonal le anunció que el número al que acababa de llamar estaba fuera de servicio. Desanimado, tal vez hambriento, quiso recordar los rostros de sus empleadas y la imagen que apareció fue vaga, sombras que recorrían el pasillo, un revolar de ropa limpia, murmullos y voces en sordina.

Lo increíble es que recuerde sus números de teléfono, pensó Pereda sentado a oscuras en la sala de su casa. Poco después salió. Imperceptiblemente, sus pasos lo llevaron hasta el café donde el Bebe solía reunirse con sus amigos artistas. Desde la calle vio el interior del local, bien iluminado, amplio y bullicioso. El Bebe presidía, junto a un viejo (¡Un viejo como yo!, pensó Pereda), una de las mesas más animadas. En otra, más cercana a la ventana desde donde espiaba, distinguió a un grupo de escritores que más bien parecían empleados de una empresa de publicidad. Uno de ellos, con pinta de adolescente, aunque ya pasaba la cincuentena y posiblemente también los sesenta, cada cierto tiempo se untaba con polvos blancos la nariz y peroraba sobre literatura universal. De pronto, los ojos del falso adolescente y los ojos de Pereda se encontraron. Durante un instante se contemplaron mutuamente como si la presencia del otro constituyera una rajadura en la realidad circundante. Con gesto decidido y una agilidad insospechada, el escritor con pinta de adolescente se levantó de un salto y salió hacia la calle. Antes de que Pereda se diera cuenta, lo tuvo encima.

¿Qué mirás?, dijo mientras de un manotazo se quitaba los restos de polvo blanco de la nariz. Pereda lo estudió. Era más alto que él y más delgado y posiblemente también más fuerte. ¿Qué mirás, viejo insolente? ¿Qué mirás? Desde el interior del café, la patota del falso adolescente contemplaba la escena como si cada noche sucediera algo parecido.

Pereda se supo empuñando el cuchillo y se dejó ir. Avanzó un paso y sin que nadie percibiera que iba armado le clavó la punta, sólo un poco, en la ingle. Más tarde recordaría la cara de sorpresa del escritor,

50

la cara espantada y como de reproche, y sus palabras que buscaban una explicación (¿Qué hiciste, pelotudo?), sin saber todavía que la fiebre y la náusea no tienen explicación.

Me parece que precisás una compresa, añadió todavía Pereda, con voz clara y firme, indicando la entrepierna tinta en sangre del cocainita. Mi madre, dijo éste cuando se miró. Al levantar la vista, rodeado por sus amigos y colegas, Pereda ya no estaba.

¿Qué hago, pensó el abogado mientras deambulaba por la ciudad de sus amores, desconociéndola, reconociéndola, maravillándose de ella y compadeciéndola, me quedo en Buenos Aires y me convierto en un campeón de la justicia, o me vuelvo a la pampa, de la que nada sé, y procuro hacer algo de provecho, no sé, tal vez con los conejos, tal vez con la gente, esos pobres gauchos que me aceptan y me sufren sin protestar? Las sombras de la ciudad no le ofrecieron ninguna respuesta. Calladas, como siempre, se quejó Pereda. Pero con las primeras luces del día decidió volver.

EL POLICÍA DE LAS RATAS

*para Robert Amutio
y Chris Andrews*

Me llamo José, aunque la gente que me conoce
me llama Pepe, y algunos, generalmente los que no
me conocen bien o no tienen un trato familiar conmigo, me llaman Pepe el Tira. Pepe es un diminutivo
cariñoso, afable, cordial, que no me disminuye ni me
agiganta, un apelativo que denota, incluso, cierto respeto afectuoso, si se me permite la expresión, no un
respeto distante. Luego viene el otro nombre, el alias,
la cola o joroba que arrastro con buen ánimo, sin
ofenderme, en cierta medida porque nunca o casi
nunca lo utilizan en mi presencia. Pepe el Tira, que es
como mezclar arbitrariamente el cariño y el miedo, el
deseo y la ofensa en el mismo saco oscuro. ¿De dónde viene la palabra Tira? Viene de tirana, tirano, el
que hace cualquier cosa sin tener que responder de
sus actos ante nadie, el que goza, en una palabra, de
impunidad. ¿Qué es un tira? Un tira es, para mi pueblo, un policía. Y a mí me llaman Pepe el Tira porque soy, precisamente, policía, un oficio como cual-

quier otro pero que pocos están dispuestos a ejercer. Si cuando entré en la policía hubiera sabido lo que hoy sé, yo tampoco estaría dispuesto a ejercerlo. ¿Qué fue lo que me impulsó a hacerme policía? Muchas veces, sobre todo últimamente, me lo he preguntado, y no hallo una respuesta convincente.

Probablemente fui un joven más estúpido que los demás. Tal vez un desengaño amoroso (pero no consigo recordar haber estado enamorado en aquel tiempo) o tal vez la fatalidad, el saberme distinto de los demás y por lo tanto buscar un oficio solitario, un oficio que me permitiera pasar muchas horas en la soledad más absoluta y que, al mismo tiempo, tuviera cierto sentido práctico y no constituyera una carga para mi pueblo.

Lo cierto es que se necesitaba un policía y yo me presenté y los jefes, tras mirarme, no tardaron ni medio minuto en darme el trabajo. Alguno de ellos, tal vez todos, aunque se cuidaban de andar comentándolo, sabían de antemano que yo era uno de los sobrinos de Josefina la Cantora. Mis hermanos y primos, el resto de los sobrinos, no sobresalían en nada y eran felices. Yo también, a mi manera, era feliz, pero en mí se notaba el parentesco de sangre con Josefina, no en balde llevo su nombre. Tal vez eso influyó en la decisión de los jefes de darme el trabajo. Tal vez no y yo fui el único que se presentó el primer día. Tal vez ellos esperaban que no se presentara nadie más y temieron que, si me daban largas, fuera a cambiar de parecer. La verdad es que no sé qué pensar. Lo único cierto es que me hice policía y a partir del primer día me dediqué a vagar por las alcantarillas, a veces por las principales, por aquellas donde corre el agua, otras veces por las secundarias, donde están los túneles que mi pueblo cava sin cesar, túneles que sirven para acceder a otras fuentes alimenticias o que sirven únicamente para escapar o para comunicar laberintos que, vistos superficialmente, carecen de sentido, pero que sin duda tienen un sentido, forman parte del entramado en el que mi pueblo se mueve y sobrevive.

A veces, en parte porque era mi trabajo y en parte porque me aburría, dejaba las alcantarillas principales y secundarias y me internaba en las alcantarillas muertas, una zona en la que sólo se movían nuestros exploradores o nuestros hombres de empresa, la mayor parte de las veces solos aunque en ocasiones lo hacían acompañados por sus familias, por sus obedientes retoños. Allí, por regla general, no había nada, sólo ruidos atemorizadores, pero a veces, mientras recorría con cautela esos sitios inhóspitos, solía encontrar el cadáver de un explorador o el cadáver de un empresario o los cadáveres de sus hijitos. Al principio, cuando aún no tenía experiencia, estos hallazgos me sobresaltaban, me alteraban hasta un punto en el que yo dejaba de parecerme a mí mismo. Lo que hacía entonces era recoger a la víctima, sacarla de los túneles muertos y llevarla hasta el puesto avanzado de la policía en donde nunca había nadie. Allí procedía a determinar por mis propios medios y tan buenamente como podía la causa de la muerte. Luego iba a buscar al forense y éste, si estaba de humor, se vestía o se

cambiaba de ropa, cogía su maletín y me acompaña-
ba hasta el puesto. Ya allí, lo dejaba solo con el cadáver o los cadáveres y volvía a salir. Por norma, después de encontrar un cadáver, los policías de mi
pueblo no vuelven al lugar del crimen sino que pro-
curan, vanamente, mezclarse con nuestros semejantes, participar en los trabajos, tomar parte en las
conversaciones, pero yo era distinto, a mí no me dis-
gustaba volver a inspeccionar el lugar del crimen, buscar detalles que me hubieran pasado desapercibidos,
reproducir los pasos que seguían las pobres víctimas o
husmear y profundizar, con mucho cuidado, eso sí, en
la dirección de la que huían.

Al cabo de unas horas volvía al puesto avanzado y
me encontraba, pegada en la pared, la nota del forense. Las causas del deceso: degollamiento, muerte por
desangramiento, desgarros en las patas, cuellos rotos,
mis congéneres nunca se entregaban sin luchar, sin
debatirse hasta el último aliento. El asesino solía ser
algún carnívoro perdido en las alcantarillas, una serpiente, a veces hasta un caimán ciego. Perseguirlos
era inútil: probablemente iban a morir de inanición
al cabo de poco tiempo.

Cuando me tomaba un descanso buscaba la compañía de otros policías. Conocí a uno, muy viejo y
enflaquecido por la edad y por el trabajo, que a su
vez había conocido a mi tía y que le gustaba hablar
de ella. Nadie entendía a Josefina, decía, pero todos
la querían o fingían quererla y ella era feliz así o fin-
gía serlo. Esas palabras, como muchas otras que pro-
nunciaba el viejo policía, me sonaban a chino. Nunca

he entendido la música, un arte que nosotros no practicamos o que practicamos muy de vez en cuando. En realidad, no practicamos y por lo tanto no entendemos casi ningún arte. A veces surge una rata que pinta, pongamos por caso, o una rata que escribe poemas y le da por recitarlos. Por regla general no nos burlamos de ellos. Más bien al contrario, los compadecemos, pues sabemos que sus vidas están abocadas a la soledad. ¿Por qué a la soledad? Pues porque en nuestro pueblo el arte y la contemplación de la obra de arte es un ejercicio que no podemos practicar, por lo que las excepciones, los *diferentes,* escasean, y si, por ejemplo, surge un poeta o un vulgar declamador, lo más probable es que el próximo poeta o declamador no nazca hasta la generación siguiente, por lo que el poeta se ve privado acaso del único que podría apreciar su esfuerzo. Esto no quiere decir que nuestra gente no se detenga en su ajetreo cotidiano y lo escuche e incluso lo aplauda o eleve una moción para que al declamador se le permita vivir sin trabajar. Al contrario, hacemos todo lo que está en nuestras manos, que no es mucho, para procurarle al *diferente* un simulacro de comprensión y de afecto, pues sabemos que es, básicamente, un ser necesitado de afecto. Aunque a la larga, como un castillo de naipes, todos los simulacros se derrumban. Vivimos en colectividad y la colectividad sólo necesita el trabajo diario, la ocupación constante de cada uno de sus miembros en un fin que escapa a los afanes individuales y que, sin embargo, es lo único que garantiza nuestro existir en tanto que individuos.

De todos los artistas que hemos tenido o al menos de aquellos que aún permanecen como esqueléticos signos de interrogación en nuestra memoria, la más grande, sin duda, fue mi tía Josefina. Grande en la medida en que lo que nos exigía era mucho, grande, inconmensurable en la medida en que la gente de mi pueblo accedió o fingió que accedía a sus caprichos.

El policía viejo gustaba hablar de ella, pero sus recuerdos, no tardé en darme cuenta, eran ligeros como papel de fumar. A veces decía que Josefina era gorda y tiránica, una persona cuyo trato requería extrema paciencia o extremo sentido del sacrificio, dos virtudes que confluyen en más de un punto y que no escasean entre nosotros. Otras veces, en cambio, decía que Josefina era una sombra a la que él, entonces un adolescente recién ingresado en la policía, sólo había visto fugazmente. Una sombra temblorosa, seguida de unos chillidos extraños que constituían, por aquella época, todo su repertorio y que conseguían poner no diré fuera de sí, pero sí en un grado de tristeza extrema a ciertos espectadores de primera fila, ratas y ratones de quienes ya no tenemos memoria y que fueron acaso los únicos que entrevieron algo en el arte musical de mi tía. ¿Qué? Probablemente ni ellos lo sabían. Algo, cualquier cosa, un lago de vacío. Algo que tal vez se parecía al deseo de comer o a la necesidad de follar o a las ganas de dormir que a veces nos acometen, pues quien no para de trabajar necesita dormir de vez en cuando, sobre todo en invierno, cuando las temperaturas caen como dicen que caen las hojas de los árboles en el mundo exterior y nuestros cuerpos ateridos nos piden un rincón tibio junto a nuestros congéneres, un agujero recalentado por nuestras pieles, unos movimientos familiares, los ruidos ni viles ni nobles de nuestra cotidianidad nocturna o de aquello que el sentido práctico nos lleva a denominar nocturno.

El sueño y el calor es uno de los principales inconvenientes de ser policía. Los policías solemos dormir solos, en agujeros improvisados, a veces en territorio no conocido. Por supuesto, cada vez que podemos procuramos saltarnos esta costumbre. A veces nos acurrucamos en nuestros propios agujeros, policías sobre policías, todos en silencio, todos con los ojos cerrados y con las orejas y las narices alerta. No suele ocurrir muy a menudo, pero a veces ocurre. En otras ocasiones nos metemos en los dormitorios de aquellos que por una causa o por otra viven en los bordes del perímetro. Ellos, como no podía ser de otra manera, nos aceptan con naturalidad. A veces decimos buenas noches, antes de caer agotados en el tibio sueño reparador. Otras veces sólo gruñimos nuestro nombre, pues la gente sabe quiénes somos y nada teme de nuestra parte. Nos reciben bien. No hacen aspavientos ni dan muestras de alegría, pero no nos echan de sus madrigueras. A veces alguien, con la voz aún congelada en el sueño, dice Pepe el Tira, y yo respondo sí, sí, buenas noches. Al cabo de pocas horas, sin embargo, cuando aún la gente duerme, me levanto y vuelvo a mi trabajo, pues las labores de un policía no terminan jamás y nuestros horarios de sueño se deben amoldar a nuestra actividad incesante. Recorrer las alcantarillas, por lo demás, es un trabajo que requiere el máximo de concentración. Generalmente no vemos a nadie, no nos cruzamos con nadie, podemos seguir las rutas principales y las rutas secundarias e internarnos por los túneles que nuestra propia gente ha construido y que ahora están abandonados y durante todo el trayecto no toparnos con ningún ser vivo.

Sombras sí que percibimos, ruidos, objetos que caen al agua, chillidos lejanos. Al principio, cuando uno es joven, estos ruidos mantienen al policía en un sobresalto permanente. Con el paso del tiempo, sin embargo, uno se acostumbra a ellos y aunque procuramos mantenernos alerta, perdemos el miedo o lo incorporamos a la rutina de cada día, que viene a ser lo mismo que perderlo. Hay incluso policías que duermen en las alcantarillas muertas. Yo nunca he conocido a ninguno, pero los viejos suelen contar historias en la que un policía, un policía de otros tiempos, ciertamente, si tenía sueño, se echaba a dormir en una alcantarilla muerta. ¿Cuánto hay de verdad y cuánto de broma en estas historias? Lo ignoro. Hoy por hoy ningún policía se atreve a dormir allí. Las alcantarillas muertas son lugares que por una causa o por otra han sido olvidados. Los que cavan túneles, cuando dan con una alcantarilla muerta, ciegan el túnel. El agua residual, allí, diríase que fluye gota a gota, por lo que la podredumbre es casi insoportable. Se puede afirmar que nuestro pueblo sólo utiliza las alcantarillas muertas para huir de una zona a otra. La manera más rápida de acceder a ellas es nadando, pero nadar en las proximidades de un lugar así entraña más peligros de los que normalmente aceptamos.

Fue en una alcantarilla muerta donde dio comienzo mi investigación. Un grupo de los nuestros, una avanzadilla que con el paso del tiempo había procreado y se había establecido un poco más allá del perímetro, fue en mi busca y me informó de que la hija de una de las ratas veteranas había desaparecido. Mientras la mitad del grupo trabajaba, la otra mitad se dedicaba a buscar a esta joven, que se llamaba Elisa y que, según sus familiares y amigos, era hermosísima y fuerte, además de poseer una inteligencia despierta. Yo no sabía con exactitud en qué consistía una inteligencia despierta. Vagamente la asociaba con la alegría, pero no con la curiosidad. Aquel día estaba cansado y tras examinar la zona en compañía de uno de sus parientes, supuse que la pobre Elisa había sido víctima de algún depredador que merodeaba en los alrededores de la nueva colonia. Busqué rastros del depredador. Lo único que encontré fueron viejas huellas que indicaban que por allí, antes de que llegara nuestra avanzadilla, habían pasado otros seres.

Finalmente descubrí un rastro de sangre fresca. Le dije al familiar de Elisa que volviera a la madriguera y a partir de entonces seguí solo. El rastro de sangre tenía una peculiaridad que lo hacía curioso: pese a terminar junto a uno de los canales reaparecía unos metros más allá (en ocasiones *muchos* metros más allá), pero no en el otro lado del canal, como hubiera sido lo natural, sino en el mismo lado por el que se había sumergido. ¿Si no pretendía cruzar el canal, por qué se sumergió tantas veces? El rastro, por otra parte, era mínimo, por lo que las medidas de protección del depredador, quienquiera que éste fuese, parecían en primera instancia exageradas. Al cabo de poco rato llegué a una alcantarilla muerta.

Me introduje en el agua y nadé hacia el dique que la basura y la corrupción había formado con el paso del tiempo. Cuando llegué subí por una playa de inmundicias. Más allá, por encima del nivel del agua, vi los grandes barrotes que coronaban la parte superior de la entrada a la alcantarilla. Por un instante temí encontrar al depredador agazapado en algún rincón, dándose un festín con el cuerpo de la desgraciada Elisa. Pero nada se oía y seguí avanzando.

Unos minutos más tarde, descubrí el cuerpo de la joven abandonado en uno de los pocos lugares relativamente secos de la alcantarilla, junto a cartones y latas de comida.

El cuello de Elisa estaba desgarrado. Por lo demás, no pude distinguir ninguna otra herida. En una de las latas descubrí los restos de una rata bebé. Lo examiné, debía de llevar muerto por lo menos un mes. Busqué en los alrededores y no encontré ni el más mínimo rastro del depredador. El esqueleto del bebé estaba completo. La única herida que exhibía la desafortunada Elisa era la que le habían propinado para matarla. Comencé a pensar que tal vez no hubiera sido un depredador. Luego cargué a la joven a mis espaldas y con la boca mantuve al bebé en alto, procurando que mis afilados dientes no dañaran su piel. Dejé atrás la alcantarilla muerta y volví a la madriguera de la avanzadilla. La madre de Elisa era grande y fuerte, uno de esos ejemplares de nuestro pueblo que pueden enfrentarse a un gato, y sin embargo al ver el cuerpo de su hija prorrumpió en largos sollozos que hicieron ruborizar al resto de sus compañeros. Mostré el cuerpo del bebé y les pregunté si sabían algo de él. Nadie sabía nada, ningún niño se había perdido. Dije que debía llevar ambos cuerpos a la comisaría. Pedí ayuda. La madre de Elisa cargó a su hija. Al bebé lo cargué yo. Al marcharnos la avanzadilla volvió al trabajo, hacer túneles, buscar comida.

Esta vez fui a buscar al forense y no lo dejé solo hasta que terminó de examinar los dos cadáveres. Junto a nosotros, dormida, la madre de Elisa se embarcaba de tanto en tanto en sueños que le arrancaban palabras incomprensibles e inconexas. Al cabo de tres horas el forense ya tenía decidido lo que iba a decirme, lo que yo temía sospechar. El bebé había muerto de hambre. Elisa había muerto por la herida en el cuello. Le pregunté si esa herida se la pudo haber causado una serpiente. No lo creo, dijo el forense, a menos que se trate de un ejemplar nuevo. Le pregunté si esa herida se la pudo causar un caimán ciego. Imposible, dijo el forense. Tal vez una comadreja, dijo. Últimamente en las alcantarillas se suelen encontrar comadrejas. Muertas de miedo, dije yo. Es verdad, dijo el forense. La mayoría mueren por inanición. Se pierden, se ahogan, se las comen los caimanes. Olvidémonos de las comadrejas, dijo el forense. Le pregunté entonces si Elisa había luchado contra su asesino. El forense se quedó largo rato mirando el cadáver de la joven. No, dijo. Es lo que yo pensaba, dije. Mientras hablábamos llegó otro policía. Su ronda, al contrario que la mía, había sido plácida. Despertamos a la madre de Elisa. El forense se despidió de nosotros. ¿Todo ha terminado?, dijo la madre. Todo ha terminado, dije yo. La madre nos dio las gracias y se fue. Yo le pedí a mi compañero que me ayudara a deshacerme del cadáver de Elisa.

Entre los dos lo llevamos a un canal donde la corriente era rápida y lo arrojamos allí. ¿Por qué no tiras el cuerpo del bebé?, dijo mi compañero. No lo sé, dije, quiero estudiarlo, tal vez algo se nos ha pasado por alto. Luego él volvió a su zona y yo volví a la mía. A cada rata que me cruzaba le hacía la misma pregunta: ¿Sabes si alguien perdió a su bebé? Las respuestas eran variadas, pero por regla general nuestro pueblo cuida de sus pequeños y lo que la gente decía, en el fondo, lo decía de oídas. Mi ronda me llevó otra vez al perímetro. Todos estaban trabajando en un túnel, incluida la madre de Elisa, cuyo cuerpo grueso y seboso apenas cabía por la hendidura, pero cuyos dientes y garras eran, todavía, las mejores para excavar.

Decidí entonces regresar a la alcantarilla muerta y tratar de ver qué era lo que se me había pasado por alto. Busqué huellas y no encontré nada. Señales de violencia. Signos de vida. El bebé, resultaba evidente, no había llegado por sus propios pies a la alcantarilla. Busqué restos de comida, marcas de mierda seca, una madriguera, todo inútil.

De pronto escuché un débil chapaleo. Me escondí. Al cabo de poco vi aparecer en la superficie del agua una serpiente blanca. Era gorda y debía de medir un metro. La vi sumergirse un par de veces y reaparecer. Luego, con mucha prudencia, salió del agua y reptó por la orilla produciendo un siseo semejante al de una cañería de gas. Para nuestro pueblo, ella era gas. Se acercó a donde yo me ocultaba. Desde su posición era imposible un ataque directo, algo que en principio me favorecía, lo que me daba tiempo para escapar (pero una vez en el agua yo sería presa fácil) o para clavar mis dientes en su cuello. Sólo cuando la serpiente se alejó sin haber dado muestras de haberme visto, comprendí que era una serpiente ciega, una descendiente de aquellas serpientes que los seres humanos, cuando se cansan de ellas, arrojan en sus wáteres. Por un instante la compadecí. En realidad lo que hacía era celebrar mi buena suerte de forma indirecta. Imaginé a sus padres o a sus tatarabuelos descendiendo por el infinito entramado de cañerías de desagüe, los imaginé atontados en la oscuridad de las alcantarillas, sin saber qué hacer, dispuestos a morir o a sufrir, y también imaginé a unos cuantos que sobrevivieron, los imaginé adaptándose a una dieta infernal, los imaginé ejerciendo su poder, los imaginé durmiendo y muriendo en los inacabables días de invierno.

El miedo, por lo visto, despierta la imaginación. Cuando la serpiente se marchó volví a recorrer de arriba abajo la alcantarilla muerta. No encontré nada que se saliera de lo normal.

Al día siguiente volví a hablar con el forense. Le pedí que le echara otra mirada al cadáver del bebé. Al principio me miró como si me hubiera vuelto loco. ¿No te has deshecho de él?, me preguntó. No, dije, quiero que lo revises una vez más. Finalmente me prometió que lo haría, siempre y cuando aquel día no tuviera demasiado trabajo. Durante mi ronda, y a la espera del informe final del forense, me dediqué a buscar una familia que hubiera perdido a su bebé en el lapso de un mes. Lamentablemente las ocupaciones de nuestro pueblo, sobre todo de aquellos que viven en los límites del perímetro, los obligan a moverse constantemente, y se podía dar el caso de que la madre de aquel bebé muerto ahora estuviera afanada construyendo túneles o buscando comida a varios kilómetros de allí. Como era predecible, de mis pesquisas no pude extraer ninguna pista favorable.

Cuando volví a la comisaría encontré una nota del forense y una de mi inmediato superior. Éste me preguntaba por qué no me había deshecho aún del cadáver del bebé. La del forense reafirmaba su primera conclusión: el cadáver no presentaba heridas, la muerte había sido debida al hambre y posiblemente también al frío. Los cachorros resisten mal ciertas inclemencias ambientales. Durante mucho rato estuve meditando. El bebé, como todos los bebés en una situación semejante, había chillado hasta desgañitarse. ¿Cómo fue posible que no atrajeran sus gritos a un depredador? El asesino lo había secuestrado y luego se había internado con él por pasillos poco frecuentados, hasta llegar a la alcantarilla muerta. Ya allí, había dejado al bebé tranquilo y había esperado que muriera, por llamarle de algún modo, de muerte natural. ¿Era factible que la misma persona que secuestró al bebé hubiera, posteriormente, asesinado a Elisa? Sí, era lo más factible.

Entonces se me ocurrió una pregunta que no le había hecho al forense, así que me levanté y fui a buscarlo. Por el camino me crucé con multitud de ratas confiadas, juguetonas, reconcentradas en sus propios problemas, que avanzaban rápidamente en una u otra dirección. Algunas me saludaron afablemente. Alguien dijo: Mira, ahí va Pepe el Tira. Yo sólo sentía el sudor que había comenzado a empaparme todo el pelaje, como si acabara de salir de las aguas estancadas de una alcantarilla muerta.

Encontré al forense durmiendo con cinco o seis ratas más, todos, a juzgar por su cansancio, médicos o estudiantes de medicina. Cuando conseguí despertarlo me miró como si no me reconociera. ¿Cuántos días tardó en morir?, le pregunté. ¿José?, dijo el forense. ¿Qué quieres? ¿Cuántos días tarda un bebé en morir de hambre? Salimos de la madriguera. En mala hora me hice patólogo, dijo el forense. Luego se puso a pensar. Depende de la constitución física del bebé. A veces con dos días es más que suficiente, pero un bebé grueso y bien alimentado puede pasarse cinco días o más. ¿Y sin beber?, dije. Un poco menos, dijo el forense. Y añadió: No sé adónde quieres llegar. ¿Murió de hambre o de sed?, dije yo. De hambre. ¿Estás seguro?, dije yo. Todo lo seguro que se puede estar en un caso como éste, dijo el forense.

Cuando volví a la comisaría me puse a pensar: el bebé había sido secuestrado hacía un mes y probablemente tardó tres o cuatro días en morir. Durante esos días debió de chillar sin parar. No obstante, ningún depredador se había sentido atraído por los ruidos. Regresé una vez más a la alcantarilla muerta. Esta vez sabía lo que estaba buscando y no tardé mucho en encontrarlo: una mordaza. Durante todo el tiempo que duró su agonía el bebé había estado amordazado. Pero en realidad no durante *todo* el tiempo. De vez en cuando el asesino le quitaba la mordaza y le daba agua o bien, sin quitarle la mordaza, untaba el trapo con agua. Cogí lo que quedaba de la mordaza y salí de la alcantarilla muerta.

En la comisaría me esperaba el forense. ¿Qué has encontrado ahora, Pepe?, dijo al verme. La mordaza, dije mientras le alcanzaba el trapo sucio. Durante unos segundos, sin tocarla, el forense la examinó. ¿El cadáver del bebé sigue aquí?, me preguntó. Asentí. Deshazte de él, dijo, la gente empieza a comentar tu conducta. ¿Comentar o cuestionar?, dije. Es lo mismo, dijo el forense antes de despedirse. Me descubrí sin ánimos de trabajar, pero me rehíce y salí. La ronda, aparte de los accidentes usuales que suelen perseguir con fidelidad y saña cualquier movimiento de nuestro pueblo, no se distinguió de otras rondas marcadas por la rutina. Al volver a la comisaría, después de horas de trabajo extenuante, me deshice del cadáver del bebé. Durante días no sucedió nada relevante. Hubo víctimas de los depredadores, accidentes, viejos túneles que se derrumbaban, un veneno que mató a

68

unos cuantos de los nuestros hasta que hallamos la manera de neutralizarlo. Nuestra historia es la multiplicidad de formas con que eludimos las trampas infinitas que se alzan a nuestro paso. Rutina y tesón. Recuperación de cadáveres y registro de incidentes. Días idénticos y tranquilos. Hasta que encontré el cuerpo de dos jóvenes ratas, una hembra y el otro macho.

La información la obtuve mientras recorría los túneles. Sus padres no estaban preocupados, probablemente, pensaban, habían decidido vivir juntos y cambiar de madriguera. Pero cuando ya me iba, sin darle demasiada importancia a la doble desaparición, un amigo de ambos me dijo que ni el joven Eustaquio ni la joven Marisa habían manifestado jamás una intención semejante. Eran amigos, simplemente, buenos amigos, sobre todo si se tenía en cuenta la peculiaridad de Eustaquio. Pregunté qué clase de peculiaridad era ésa. Componía y declamaba versos, dijo el amigo, lo que lo hacía manifiestamente inhábil para el trabajo. ¿Y Marisa qué?, dije. Ella no, dijo el amigo. No qué, dije yo. No tenía ninguna peculiaridad de ese tipo. A otro policía cualquiera esta información le habría parecido carente de interés. A mí me despertó el instinto. Pregunté si en los alrededores de la madriguera había una alcantarilla muerta. Me dijeron que la más próxima estaba a unos dos kilómetros de allí, en un nivel inferior. Encaminé mis pasos en esa dirección. En el trayecto me encontré a un viejo seguido de un grupo de cachorros. El viejo les hablaba sobre los peligros de las comadrejas. Nos sa-

69

ludamos. El viejo era un maestro y estaba de excursión. Los cachorros aún no eran aptos para el trabajo, pero pronto lo serían. Les pregunté si habían visto algo raro durante el paseo. Todo es raro, me gritó el viejo mientras nos alejábamos en distintas direcciones, lo raro es lo normal, la fiebre es la salud, el veneno es la comida. Luego se puso a reír afablemente y su risa me siguió incluso cuando me metí por otro conducto.

Al cabo de un rato llegué a la alcantarilla muerta. Todas las alcantarillas de aguas estancas se parecen, pero yo sé distinguir con poco margen de error si alguna vez he estado allí o si, por el contrario, es la primera vez que me introduzco en una de ellas. Aquélla no la conocía. Durante un rato la examiné, por si encontraba el modo de entrar sin necesidad de mojarme. Luego me eché al agua y me deslicé hacia la alcantarilla. Mientras nadaba creí ver unas ondas que surgían de una isla de desperdicios. Temí, como era lógico, la aparición de una serpiente, y me aproximé a toda velocidad a la isla. El suelo era blando y al caminar uno se enterraba en un limo blancuzco hasta las rodillas. El olor era el de todas las alcantarillas muertas: no a descomposición sino a la esencia, al núcleo de la descomposición. Poco a poco me fui desplazando de isla en isla. A veces tenía la impresión de que algo me jalaba los pies, pero sólo era basura. En la última isla descubrí los cadáveres. El joven Eustaquio exhibía una única herida que le había desgarrado el cuello. La joven Marisa, por el contrario, se notaba que había luchado. Su piel estaba llena de dentelladas. En los dientes y en las garras descubrí sangre, por lo que era fácilmente deducible que el asesino estaba herido. Como pude, saqué los cadáveres, primero uno y luego el otro, fuera de la alcantarilla muerta. Y así intenté llevarlos hasta el primer núcleo de población: primero cargaba a uno y lo dejaba cincuenta metros más allá y luego regresaba, cargaba al otro y lo depositaba junto al primero. En uno de esos relevos, cuando regresaba a buscar el cuerpo de la joven Marisa, vi a una serpiente blanca que había salido del canal y se aproximaba a ella. Me quedé quieto. La serpiente dio un par de vueltas alrededor del cadáver y luego lo trituró. Cuando procedió a engullirlo me di media vuelta y eché a correr hasta donde había dejado el cadáver de Eustaquio. De buena gana me hubiera puesto a gritar. Sin embargo ni un solo gemido salió de mi boca.

A partir de ese día mis rondas se hicieron exhaustivas. Ya no me conformaba con la rutina del policía que vigilaba el perímetro y resolvía asuntos que cualquiera, con un poco de sentido común, podía resolver. Cada día visitaba las madrigueras más alejadas. Hablaba con la gente de las cosas más intrascendentes. Conocí una colonia de ratas-topo que vivían entre nosotros ejerciendo los oficios más humildes. Conocí a un viejo ratón blanco, un ratón blanco que ya ni siquiera recordaba su edad y que en su juventud había sido inoculado con una enfermedad contagiosa, él y muchos como él, ratones blancos prisioneros, que luego fueron introducidos en el alcantarillado con la esperanza de matarnos a todos. Muchos murieron, decía el ratón blanco, que apenas podía moverse, pero las ratas negras y los ratones blancos nos cruzamos, follamos como locos (como sólo se folla cuando la muerte anda cerca) y finalmente no sólo se inmunizaron las ratas negras sino que surgió una nueva especie, las ratas marrones, resistentes a cualquier contagio, a cualquier virus extraño.

Me gustaba ese viejo ratón blanco que había nacido, según él, en un laboratorio de la superficie. Allí la luz es cegadora, decía, tanto que los moradores del exterior ni siquiera la aprecian. ¿Tú conoces las bocas de las alcantarillas, Pepe? Sí, alguna vez he estado allí, le respondía. ¿Has visto, entonces, el río al que dan todas las alcantarillas, has visto los juncos, la arena casi blanca? Sí, siempre de noche, le respondía. ¿Entonces has visto la luna rielando sobre el río? No me fijé mucho en la luna. ¿Qué fue lo que te llamó la atención, entonces, Pepe? Los ladridos de los perros. Las jaurías que viven en las orillas del río. Y también la luna, reconocí, aunque no pude disfrutar mucho de su visión. La luna es exquisita, decía el ratón blanco, si alguna vez alguien me preguntara dónde me gustaría vivir, contestaría sin dudar que en la luna.

Como un habitante de la luna yo recorría las alcantarillas y conductos subterráneos. Al cabo de un tiempo encontré a otra víctima. Como las anteriores, el asesino había depositado su cuerpo en una alcantarilla muerta. La cargué y me la llevé a la comisaría. Esa noche volví a hablar con el forense. Le hice notar que el desgarro en el cuello era similar al de las otras víctimas. Puede ser una casualidad, dijo. Tampoco se las come, dije. El forense examinó el cadáver. Examina la herida, dije, dime qué clase de dentadura produce ese desgarrón. Cualquiera, cualquiera, dijo el forense. No, cualquiera no, dije yo, examínala con cuidado. ¿Qué quieres que te diga?, me preguntó el forense. La verdad, dije yo. ¿Y cuál es, según tú, la verdad? Yo creo que estas heridas las produjo una rata, dije yo. Pero las ratas no matan a las ratas, dijo el forense mirando otra vez el cadáver. Ésta sí, dije yo. Luego me fui a trabajar y cuando volví a la comisaría encontré al forense y al comisario jefe que me esperaban. El comisario no se anduvo por las ramas. Me preguntó de dónde había sacado la peregrina idea de que había sido una rata la autora de los crímenes. Quiso saber si había comentado mis sospechas con alguien más. Me advirtió que no lo hiciera. Deje de fantasear, Pepe, dijo, y dedíquese a cumplir con su trabajo. Ya bastante complicada es la vida real para encima añadir elementos irreales que sólo pueden terminar dislocándola. Yo estaba muerto de sueño y pregunté qué quería decir con la palabra dislocar. Quiero decir, dijo el comisario mirando al forense como si buscara su aprobación, y dándole a sus palabras una entonación profunda y dulce, que la vida, sobre todo si es breve, como desgraciadamente es nuestra vida, debe tender hacia el orden, no hacia el desorden, y menos aún hacia un desorden imaginario. El forense me miró con gravedad y asintió. Yo también asentí.

Pero seguí alerta. Durante unos días el asesino pareció esfumarse. Cada vez que me desplazaba al perímetro y encontraba colonias desconocidas solía preguntar por la primera víctima, el bebé que había muerto de hambre. Finalmente una vieja rata exploradora me habló de una madre que había perdido a su bebé. Pensaron que había caído al canal o que se lo había llevado un depredador, dijo. Por lo demás, se trataba de un grupo en el que los adultos eran pocos y las crías numerosas y no buscaron mucho al bebé. Poco después se fueron a la parte norte de las alcantarillas, cerca de un gran pozo, y la rata exploradora los perdió de vista. Me dediqué, en los ratos libres, a buscar a este grupo. Por supuesto, ahora las crías estarían crecidas y la colonia sería más grande y puede que la desaparición del bebé hubiera caído en el olvido. Pero si tenía suerte y hallaba a la madre del bebé, ésta aún podría explicarme algunas cosas. El asesino, mientras tanto, se movía. Una noche encontré en la morgue un cadáver cuyas heridas, el desgarrón casi limpio en la garganta, eran idénticas a las que solía infligir el asesino. Hablé con el policía que había hallado el cadáver. Le pregunté si creía que había sido un depredador. ¿Quién más podría ser?, me respondió. ¿O acaso tú crees, Pepe, que ha sido un accidente? Un accidente, pensé. Un accidente permanente. Le pregunté dónde encontró el cadáver. En una alcantarilla muerta de la parte sur, respondió. Le recomendé que vigilara bien las alcantarillas muertas de esa zona. ¿Por qué?, quiso saber. Porque uno nunca sabe lo que puede encontrar en ellas. Me miró como si estuviera loco. Estás cansado, me dijo, vámonos a dormir. Nos metimos juntos en la habitación de la comisaría. El aire era tibio. Junto a nosotros roncaba otra rata policía. Buenas noches, me dijo mi compañero. Buenas noches, dije yo, pero no pude dormir. Me puse a pensar en la movilidad del asesino, que unas veces actuaba en la parte norte y otras en la parte sur. Tras dar varias vueltas me levanté.

Con pasos vacilantes me dirigí hacia el norte. En mi camino me crucé con algunas ratas que se desplazaban a trabajar en la penumbra de los túneles, confiadas y decididas. Oí que unos jovenzuelos decían Pepe el Tira, Pepe el Tira y luego se reían, como si mi apodo fuera lo más divertido del mundo. O tal vez sus risas obedecían a otra causa. En cualquier caso yo ni siquiera me detuve.

Los túneles, poco a poco, se fueron quedando vacíos. Ya sólo de vez en cuando me cruzaba con un par de ratas o las oía a lo lejos, afanadas en otros túneles, o vislumbraba sus sombras dando vueltas alrededor de algo que podía ser comida o podía ser veneno. Al cabo de un rato los ruidos cesaron y sólo podía oír el sonido de mi corazón y el interminable goteo que nunca cesa en nuestro mundo. Cuando encontré el gran pozo una vaharada de muerte me hizo extremar aún más mis precauciones. Yacía allí lo que quedaba de dos perros de regular tamaño, tiesos, con las patas levantadas, semicomidos por los gusanos.

Más allá, beneficiarios también de los restos perrunos, encontré a la colonia de ratas que andaba buscando. Vivían en los límites de la alcantarilla, con todos los peligros que esto conlleva, pero también con el beneficio de la comida, la cual nunca escaseaba en los lindes. Los encontré reunidos en una pequeña plaza. Eran grandes y gordos y sus pieles eran lustrosas. Tenían la expresión grave de aquellos que viven en el peligro constante. Cuando les dije que era policía sus miradas se hicieron desconfiadas. Cuando les dije que estaba buscando a una rata que había perdido a su bebé, nadie respondió pero por sus gestos me di cuenta de inmediato de que la búsqueda, al menos en este aspecto, había terminado. Describí entonces al bebé, su edad, la alcantarilla muerta donde lo había encontrado, la forma en que había muerto. Una de las ratas dijo que era su hijo. ¿Qué buscas?, dijeron las otras.

Justicia, dije. Busco al asesino.

La más vieja, con la piel llena de costurones y respirando como un fuelle, me preguntó si creía que el asesino era uno de ellos. Puede serlo, dije. ¿Una rata?, dijo la rata vieja. Puede serlo, dije. La madre dijo que su bebé solía salir solo. Pero no pudo llegar solo a la alcantarilla muerta, le respondí. Tal vez se lo llevó un depredador, dijo una rata joven. Si se lo hubiera llevado un depredador se lo habría comido. Al bebé lo mataron por placer, no por hambre.

Todas las ratas, tal como esperaba, negaron con la cabeza. Eso es impensable, dijeron. No existe nadie en nuestro pueblo que esté tan loco como para hacer eso. Escarmentado aún por las palabras del comisario de la policía, preferí no llevarles la contraria. Empujé a la madre a un sitio apartado y procuré consolarla, aunque la verdad es que el dolor de la pérdida, después de tres meses, que era el tiempo que había pasado, se había atenuado considerablemente. La misma rata me contó que tenía otros hijos, algunos mayores, a quienes le costaba reconocer como tales cuando los veía, y otros menores que aquel que había muerto, los cuales ya trabajaban y se buscaban, no sin éxito, la comida ellos solos. Intenté, sin embargo, que recordara el día que había desaparecido el bebé. Al principio la rata se hizo un lío. Confundía fechas e incluso confundía bebés. Alarmado, le pregunté si había perdido a más de uno y me tranquilizó diciendo que no, que los bebés, normalmente, se pierden, pero sólo por unas horas, y que, luego, o bien regresan solos a la madriguera o bien una rata del mismo grupo los suele encontrar, atraída por sus berridos. Tu hijo también lloró, le dije un poco molesto por su jeta autosatisfecha, pero el asesino lo mantuvo amordazado casi todo el tiempo.

No pareció conmoverse, así que volví al día de su desaparición. No vivíamos aquí, dijo, sino en un conducto del interior. Cerca de nosotros vivía un grupo de exploradores que fueron los primeros en instalarse en la zona y luego llegó otro grupo, más numeroso, y entonces decidimos marcharnos porque aparte de dar vueltas por los túneles poco más es lo que se podía hacer. Los niños, no obstante, estaban bien alimentados, le hice notar. Comida no faltaba, dijo la rata, pero la teníamos que ir a buscar en el exterior. Los exploradores habían abierto túneles que llevaban directamente hacia las zonas superiores, y no había entonces veneno ni trampa que pudiera detenernos. Todos los grupos subíamos al menos dos veces al día a la superficie y había ratas que se pasaban días enteros allí, vagando entre los viejos edificios semirruinosos, desplazándose por el interior hueco de las paredes, y hubo algunas que nunca más volvieron.

Le pregunté si estaban en el exterior el día que desapareció su bebé. Trabajábamos en los túneles, algunos dormían y otros, probablemente, estaban en el exterior, respondió. Le pregunté si no había notado nada raro en alguno de su grupo. ¿Raro? Una forma de comportarse, actitudes que se salen de lo corriente, ausencias prolongadas y sin justificación. Dijo que no, que, como bien yo debía saber, en nuestro pueblo las ratas se comportan de una manera y otras veces de otra, dependiendo de la situación, a la que procuramos adaptarnos con celeridad y a la mayor perfección posible. Poco después de la desaparición del bebé, por otra parte, el grupo se puso en marcha buscando una zona menos peligrosa. Nada más iba a sacarle a aquella rata trabajadora y simple. Me despedí del grupo y abandoné el conducto donde estaba su madriguera.

Pero aquel día no volví a la comisaría. A medio camino, cuando estuve seguro de no ser seguido por nadie, retorné a los alrededores de la madriguera y busqué una alcantarilla muerta. Al cabo de un tiempo la encontré. Era pequeña y la pestilencia aún no sobrepasaba ciertos límites. La examiné de arriba abajo. La persona que yo buscaba no parecía haber actuado allí. Tampoco encontré indicios de depredadores. Pese a que no había ni un solo lugar seco, decidí quedarme. Como pude, con tal de pasar un rato mínimamente cómodo, junté los cartones mojados y los trozos de plástico que pude hallar y me acomodé sobre ellos. Imaginé que el calor de mi pelaje en contacto con la humedad producía pequeñas nubes de vapor. Por momentos el vapor conseguía adormecerme y por momentos se convertía en el domo en el interior del cual yo era invulnerable. Estaba a punto de quedarme dormido cuando oí voces.

Al cabo de un rato los vi aparecer. Eran dos ratas, machos jóvenes, que hablaban animadamente. A uno de ellos lo reconocí de inmediato: ya lo había visto entre el grupo que acababa de visitar. La otra rata me era completamente desconocida, tal vez cuando llegué estaba trabajando, tal vez pertenecía a otro grupo. La discusión que sostenían era acalorada pero sin salirse de los cauces de la cortesía entre iguales. Los argumentos que ambas esgrimían me resultaron incomprensibles, en primer lugar porque aún estaban demasiado lejos de mí (aunque se encaminaban, sus patitas chapoteando en el agua baja, hacia mi refugio) y en segundo lugar porque las palabras que empleaban pertenecían a otra lengua, una lengua impostada y ajena a mí que odié de inmediato, palabras que eran ideas o pictogramas, palabras que reptaban por el envés de la palabra libertad como el fuego repta, o eso dicen, por el otro lado de los túneles, convirtiendo éstos en hornos.

De buena gana me hubiera escabullido en silencio. Mi instinto de policía, sin embargo, me hizo comprender que, si no intervenía, pronto iba a haber otro asesinato. De un salto abandoné los cartones.

Las dos ratas se quedaron paralizadas. Buenas noches, dije. Les pregunté si pertenecían al mismo grupo. Negaron con la cabeza.

Tú, señalé con mi garra a la rata que no conocía, fuera de aquí. La joven rata al parecer era orgullosa y dudó. Fuera de aquí, soy policía, dije, soy Pepe el Tira, grité. Entonces miró a su amigo, dio media vuelta y se alejó. Cuidado con los depredadores, le dije antes de que desapareciera tras un dique de basura, en las alcantarillas muertas nadie ayuda si te ataca un depredador.

La otra rata no se molestó ni siquiera en despedirse de su amigo. Permaneció junto a mí, quieta, aguardando el momento en que nos íbamos a quedar solos, sus ojillos pensativos fijos en mí de la misma manera, supongo, que mis ojillos pensativos la estudiaban a ella. Por fin te he atrapado, le dije cuando estuvimos solos. No me contestó. ¿Cómo te llamas?, le pregunté. Héctor, dijo. Su voz, ahora que me hablaba a mí, no era diferente de miles de voces que yo había oído antes. ¿Por qué mataste al bebé?, murmuré. No contestó. Durante un instante tuve miedo. Héctor era fuerte, probablemente más voluminoso que yo, además de más joven, pero yo era policía, pensé.

Ahora te voy a atar las patas y el hocico y te llevaré a la comisaría, dije. Creo que sonrió, pero no podría asegurarlo. Tienes más miedo que yo, dijo, y mira que yo tengo mucho miedo. No lo creo, dije, tú no tienes miedo, tú estás enfermo, tú eres un bastardo de depredador y escarabajo. Héctor se rió. Claro que tienes miedo, dijo. Mucho más miedo del que tenía tu tía Josefina. ¿Has oído hablar de Josefina?, dije. He oído hablar, dijo. ¿Quién no ha oído hablar de ella? Mi tía no tenía miedo, dije, era una pobre loca, una pobre soñadora, pero no tenía miedo.

Te equivocas: se moría de miedo, dijo mirando distraídamente hacia los lados, como si estuviéramos rodeados de presencias fantasmales y requiriera sin énfasis su aquiescencia. Quienes la escuchaban estaban muertos de miedo, aunque no lo sabían. Pero Josefina estaba más que muerta: cada día moría en el centro del miedo y resucitaba en el miedo. Palabras, dije como si escupiera. Ahora ponte boca abajo y déjame que primero te ate el hocico, dije sacando un cordel que había traído para tal fin. Héctor resopló.

No entiendes nada, dijo. ¿Crees que deteniéndome a mí se acabarán los crímenes? ¿Crees que tus jefes harán justicia conmigo? Probablemente me despedazarán en secreto y arrojarán mis restos allí donde pasen los depredadores. Tú eres un maldito depredador, dije. Yo soy una rata libre, me contestó con insolencia. Puedo habitar el miedo y sé perfectamente hacia dónde se encamina nuestro pueblo. Tanta presunción había en sus palabras que preferí no contestarle. Eres joven, le dije. Tal vez haya una forma de curarte. Nosotros no matamos a nuestros congéneres. ¿Y quién te curará a ti, Pepe?, me preguntó. ¿Qué médicos curarán a tus jefes? Ponte boca abajo, dije. Héctor me miró y yo solté el cordel. Nos trenzamos en una lucha a muerte.

Al cabo de diez minutos que me parecieron eternos su cuerpo yacía a un lado del mío con el cuello destrozado por una mordida. Por mi parte, tenía el lomo lleno de heridas y el hocico desgarrado y no veía nada con el ojo izquierdo. Volví con el cadáver a la comisaría. Las pocas ratas con las que me crucé creyeron, seguramente, que Héctor había sido víctima de un depredador. Deposité su cuerpo en la morgue y fui a buscar al forense. Está todo solucionado, fue lo primero que pude articular. Luego me dejé caer y esperé. El forense examinó mis heridas y cosió mi hocico y mi párpado. Mientras lo hacía quiso saber cómo me lo había hecho. Encontré al asesino, dije. Lo detuve, luchamos. El forense dijo que había que llamar al comisario. Chasqueó la lengua y de la oscuridad surgió un adolescente flaco y adormilado. Supuse que era un estudiante de medicina. El forense le encargó que fuera a casa del comisario y le dijera que lo esperaban, él y Pepe el Tira, en la comisaría. El adolescente asintió y desapareció. Luego el forense y yo nos dirigimos a la morgue.

El cadáver de Héctor seguía allí y el brillo de su pelaje empezaba a atenuarse. Ahora sólo era un cadáver más, entre muchos otros cadáveres. Mientras el forense lo examinaba me puse a dormir en un rincón. Me despertó la voz del comisario y unos sacudones. Levántate, Pepe, dijo el forense. Los seguí. El comisario y el forense caminaban aprisa entre unos túneles que yo no conocía. Detrás de ellos, contemplando sus colas, iba yo, medio dormido y sintiendo un gran escozor en el lomo. No tardamos en llegar a una madriguera vacía. En una especie de trono (o tal vez fuera una cuna) hervía una sombra. El comisario y el forense me indicaron que me adelantara.

Cuéntame la historia, dijo una voz que era muchas voces y que provenía de la oscuridad. Al principio sentí pavor y retrocedí, pero no tardé en comprender que se trataba de una rata reina muy vieja, es decir de varias ratas cuyas colas se anudaron en la primera infancia, imposibilitándolas para el trabajo, pero concediéndoles, en cambio, la sabiduría necesaria para aconsejar en situaciones extraordinarias a nuestro pueblo. Así que relaté la historia de principio a fin, y procuré que mis palabras fueran desapasionadas y objetivas, como si estuviera redactando un informe. Cuando terminé la voz que era muchas voces y que salía de la oscuridad me preguntó si yo era el sobrino de Josefina la Cantora. Así es, dije. Nosotras nacimos cuando Josefina aún estaba viva, dijo la rata reina, y se movió con gran esfuerzo. Distinguí una enorme bola oscura llena de ojillos velados por los años. Supuse que la rata reina era gorda y que la suciedad había terminado por solidificar sus patas traseras. Una anomalía, dijo. Tardé en comprender que se refería a Héctor. Un veneno que no nos impedirá seguir estando vivos, dijo. En cierta manera, un loco y un individualista, dijo. Hay algo que no entiendo, dije. El comisario me tocó con su garra el hombro, como para impedirme hablar, pero la rata reina me pidió que le explicara qué era lo que no entendía. ¿Por qué mató al bebé de hambre, por qué no le destrozó la garganta como a las otras víctimas? Durante unos segundos sólo oí suspirar a la sombra que hervía.

83

Tal vez, dijo al cabo de un rato, quería presenciar el proceso de la muerte desde el principio hasta el final, sin intervenir o interviniendo lo menos posible. Y, al cabo de otro silencio interminable, añadió: Recordemos que estaba loco, que se trataba de una teratología. Las ratas no matan ratas.

Bajé la cabeza y no sé cuánto rato estuve así. Es posible incluso que me durmiera. De pronto sentí otra vez la garra del comisario en mi hombro y su voz que me conminaba a seguirlo. Rehicimos el camino de vuelta en silencio. En la morgue el cadáver de Héctor, tal como temía, había desaparecido. Pregunté dónde estaba. Espero que en la panza de algún depredador, dijo el comisario. Luego tuve que oír lo que ya sabía. Terminantemente prohibido hablar del caso de Héctor con nadie. El caso estaba cerrado y lo mejor que yo podía hacer era olvidarme de él y seguir viviendo y trabajando.

Esa noche no quise dormir en la comisaría y me hice un hueco en una madriguera llena de ratas tenaces y sucias y cuando desperté estaba solo. Aquella noche soñé que un virus desconocido había infectado a nuestro pueblo. Las ratas somos capaces de matar a las ratas. Esa frase resonó en mi bóveda craneal hasta que desperté. Sabía que nada volvería a ser como antes. Sabía que sólo era cuestión de tiempo. Nuestra capacidad de adaptación al medio, nuestra naturaleza laboriosa, nuestra larga marcha colectiva en pos de una felicidad que en el fondo sabíamos inexistente, pero que nos servía de pretexto, de escenografía y telón para nuestras heroicidades cotidianas, estaban condenadas a desaparecer, lo que equivalía a que nosotros, como pueblo, también estábamos condenados a desaparecer.

Volví, porque no podía hacer otra cosa, a las rondas rutinarias: un policía murió despedazado por un depredador, tuvimos, una vez más, un ataque con veneno procedente del exterior que diezmó a unos cuantos, algunos túneles se inundaron. Una noche, sin embargo, cedí a la fiebre que devoraba mi cuerpo y me encaminé a una alcantarilla muerta.

No puedo precisar si era la misma alcantarilla donde había encontrado a alguna de las víctimas o si por el contrario se trataba de una alcantarilla que desconocía. En el fondo, todas las alcantarillas muertas son iguales. Durante mucho rato permanecí allí, agazapado, esperando. No ocurrió nada. Sólo ruidos lejanos, chapoteos cuyo origen fui incapaz de precisar. Al volver a la comisaría, con los ojos enrojecidos por la prolongada vigilia, encontré a unas ratas que juraban haber visto en los túneles vecinos a una pareja de comadrejas. Un policía nuevo estaba junto a ellas. Me miró, esperando alguna señal de mi parte. Las comadrejas habían acorralado a tres ratas y a varios cachorros, atrapados en el fondo del túnel. Si esperamos refuerzos será demasiado tarde, dijo el policía nuevo.

¿Demasiado tarde para qué?, le pregunté con un bostezo. Para los cachorros y para las cuidadoras, respondió. Ya es demasiado tarde para todo, pensé. Y también pensé: ¿En qué momento se hizo demasiado tarde? ¿En la época de mi tía Josefina? ¿Cien años antes? ¿Mil años antes? ¿Tres mil años antes? ¿No estábamos, acaso, condenados desde el principio de nuestra especie? El policía me miró esperando un gesto de mi parte. Era joven y seguramente no llevaba más de una semana en el oficio. A nuestro alrededor algunas ratas cuchicheaban, otras pegaban sus orejas a las paredes del túnel, la mayoría tenía que hacer un gran esfuerzo para no temblar y después huir. ¿Tú qué propones?, pregunté. Lo reglamentario, contestó el policía, internarnos en el túnel y rescatar a las crías.

¿Te has enfrentado alguna vez a una comadreja? ¿Estás dispuesto a ser despedazado por una comadreja?, dije. Sé luchar, Pepe, contestó. Llegado a este punto poco era lo que podía decir, así que me levanté y le ordené que se mantuviera detrás de mí. El túnel era negro y olía a comadreja, pero yo sé moverme por la oscuridad. Dos ratas se ofrecieron como voluntarias y nos siguieron.

EL VIAJE DE ÁLVARO ROUSSELOT

para Carmen Pérez de Vega

El extraño caso de Álvaro Rousselot merece si no un lugar destacado en la antología del misterio literario sí nuestra atención o al menos un minuto de nuestra atención.

Como sin duda recordarán todos los aficionados a la literatura argentina de mediados del siglo XX, que no son muchos pero son, Rousselot fue un prosista ameno y pródigo en argumentos originales, con un castellano bien construido en el que por otra parte no escaseaban, si la trama así lo requería, las inmersiones en el lunfardo, sin demasiadas complicaciones formales o al menos eso era lo que creíamos sus lectores más fieles.

Con el tiempo –ese personaje más que siniestro, eminentemente burlón– la sencillez de Rousselot ya no nos parece tal. Puede que fuera complicado. Quiero decir, *mucho* más complicado de lo que pensábamos. Pero también hay otra explicación: puede que sólo fuera otra víctima del azar.

Esto suele ser común en quienes aman la literatura. En realidad, esto es común en quienes aman cualquier cosa. Todos terminamos convirtiéndonos en víctimas del objeto de nuestra adoración, tal vez porque toda pasión tiende –con mayor velocidad que el resto de las emociones humanas– a su propio fin, tal vez por la frecuentación excesiva del objeto del deseo.

Lo cierto es que Rousselot amaba la literatura tanto como cualquiera de sus compañeros de generación y de los de la generación precedente y posterior, es decir amaba la literatura sin hacerse demasiadas ilusiones al respecto, como muchos argentinos. Con esto quiero decir que no era tan diferente de los demás, y sin embargo a los otros, a sus pares, a sus compañeros de pequeñas alegrías o de martirio, no les ocurrió nada ni remotamente parecido.

Llegados a este punto se puede argüir, con sobrada razón, que a los otros el destino les reservaba su propio infierno, su propia singularidad. Ángela Caputo, por ejemplo, se suicidó de una forma inimaginable y nadie que hubiera leído sus poemas, impregnados de una resbaladiza atmósfera infantil, habría sido capaz de predecir una muerte tan atroz en medio de una escenografía milimétricamente calculada para producir pavor. O Sánchez Brady, que escribía textos herméticos y cuya vida se vio truncada por los militares en la década del setenta, cuando ya contaba con más de cincuenta años y la literatura (y el mundo) le habían dejado de interesar.

Muertes y destinos paradójicos, pero que no empequeñecen el destino de Rousselot, la anomalía que rodeó imperceptiblemente sus jornadas, la conciencia de que su trabajo, es decir su escritura, se ubicaba o llegaba hasta una frontera o hasta un borde del que ignoraba casi todo.

Su historia puede ser explicada con sencillez, tal vez porque en el fondo es una historia sencilla. En 1950, a la edad de treinta años, Rousselot publica su primer libro, de título más bien parco: *Soledad*. La novela trata sobre el paso de los días en una penitenciaría perdida en la Patagonia. Como es natural, abundan las confesiones que evocan vidas pasadas, instantes de felicidad perdidos, y también abunda la violencia. A la mitad del libro nos damos cuenta de que la mayoría de los personajes están muertos. Cuando sólo faltan treinta páginas para el final, comprendemos de golpe que *todos* están muertos, menos uno, pero nunca se nos revela quién es el único personaje vivo. La novela no tuvo mucho éxito en Buenos Aires, se vendieron menos de mil ejemplares, pero gracias a algunos amigos de Rousselot gozó del privilegio de una traducción al francés en una editorial de cierto prestigio, que aparecería en 1954. *Soledad,* que en el país de Victor Hugo se llamó *Las noches de la Pampa,* pasó desapercibida salvo para dos críticos literarios que la reseñaron, uno de forma amistosa, el otro con un entusiasmo acaso desmedido, y luego se perdió en el limbo de las últimas estanterías o en las mesas sobrecargadas de las librerías de viejo.

A finales de 1957, sin embargo, se estrenó una película, *Las voces perdidas,* del director francés Guy Morini, que para cualquiera que hubiera leído el libro de Rousselot se trataba de una hábil relectura de *Soledad*. La película de Morini comenzaba y terminaba de una forma diametralmente diferente, pero digamos el tronco o la parte central del film eran exactamente los mismos. No creo que sea reproducible la estupefacción de Rousselot cuando, en una sala oscura y semivacía de un cine de Buenos Aires, contempló la cinta del francés por vez primera. Naturalmente, pensó que había sido víctima de un plagio. Con el paso de los días se le ocurrieron otras explicaciones, pero la idea de haber caído en manos de un plagiario prevaleció. De los amigos que, advertidos, vieron la película, la mitad fue partidaria de demandar a la productora y la otra mitad opinó, con diversos matices, que estas cosas solían ocurrir y se remitieron al caso de Brahms. Por aquel entonces Rousselot ya había publicado una segunda novela, *Los archivos de la calle Perú*, de tema detectivesco, cuyo argumento giraba en torno a la aparición de tres cadáveres en tres sitios distintos de Buenos Aires, los dos primeros asesinados por el tercero, y el tercero asesinado a su vez por un desconocido.

La novela no era lo que cabía esperar del autor de *Soledad*, pero la crítica la trató bien, aunque de todas las obras de Rousselot tal vez sea la menos lograda. Cuando se estrenó la primera película de Morini en Buenos Aires *Los archivos de la calle Perú* ya hacía casi un año que vagaban por las librerías porteñas y Rousselot se había casado con María Eugenia Carrasco, una joven que frecuentaba los círculos literarios de la capital, y había empezado a trabajar en el bufete de abogados Zimmerman & Gurruchaga.

Su vida era ordenada: se levantaba a las seis de la mañana y escribía o trataba de escribir hasta las ocho, momento en el cual interrumpía su trato con las musas, se duchaba y se marchaba corriendo a la oficina, adonde llegaba a las nueve menos cuarto o a las nueve menos diez. Casi todas las mañanas las pasaba revisando legajos o visitando juzgados. A las dos de la tarde volvía a casa, comía con su mujer y por la tarde volvía al bufete. A las siete solía tomar una copa con otros abogados y a las ocho de la noche, a más tardar, estaba de vuelta en casa, donde la flamante señora de Rousselot lo esperaba con la cena hecha, después de la cual Rousselot se ponía a leer mientras María Eugenia escuchaba la radio. Los sábados y domingos escribía un poco más y por las noches salía, sin la mujer, a ver a sus amigos literatos.

El estreno de *Las voces perdidas* le granjeó una fama que trascendió modestamente los límites de su pequeño grupo. Su mejor amigo en el bufete, a quien más bien no le interesaba la literatura, le aconsejó que se querellara por plagio contra Morini. Rousselot, tras pensárselo detenidamente, optó por no hacer nada. Después de *Los archivos de la calle Perú* publicó un delgado volumen de cuentos y casi sin transición apareció su tercera novela, *Vida de recién casado,* en la que, como su título indica, narraba los primeros meses de un hombre que se casa con una mujer creyendo conocerla y que, al paso de los días, se da cuenta de su error garrafal: su mujer no sólo es una desconocida sino una especie de monstruo que amenaza incluso su integridad física. Sin embargo el tipo la quiere (o mejor dicho descubre una atracción física por ella que antes no sentía) y aguanta hasta que ya no puede más y huye.

La novela, evidentemente, era de carácter humorístico, y así lo entendieron los lectores, para sorpresa de Rousselot y de su editor: en tres meses se agotó la primera edición y al cabo de un año ya se habían vendido más de quince mil ejemplares. De la noche a la mañana el nombre de Rousselot saltó de la semipenumbra confortable al estrellato interino. No se lo tomó mal. Con el dinero ganado se pagó unas vacaciones en Punta del Este en compañía de su esposa y de su cuñada, donde se dedicó a leer *En busca del tiempo perdido,* a escondidas, pues a todo el mundo le había mentido que conocía a Proust y deseaba subsanar, mientras María Eugenia y su hermana retozaban en la orilla del mar, la mentira pero sobre todo la laguna que significaba no haber leído al más ilustre de los novelistas franceses.

Más le hubiera valido leer a los cabalistas. Siete meses después de sus vacaciones en Punta del Este, cuando aún no había aparecido la versión francesa de *Vida de recién casado,* se estrenó en Buenos Aires la última película de Morini, *Contornos del día,* que era exactamente igual que *Vida de recién casado,* pero mejor, es decir: corregida y aumentada de forma considerable, con un método que recordaba en cierto sentido al que había utilizado en su primera película, comprimiendo en la parte central el argumento de

Rousselot y dejando el principio y el final de la película como *comentarios* (en ocasiones exergos, en ocasiones salidas falsas o verdaderas de la historia central, en ocasiones simplemente —y en esto residía su gracia— acuarelas de las vidas de los personajes secundarios).

El disgusto de Rousselot esta vez fue mayúsculo. Durante una semana su affaire con Morini fue la comidilla del mundo literario argentino. Pero cuando todos pensaban que esta vez la querella por plagio no tardaría en producirse, Rousselot decidió, ante la sorpresa de quienes esperaban una actitud más firme y decidida, que nada haría. Pocos entendieron su actitud de forma cabal. No hubo gritos, no hubo llamadas al honor ni a la integridad del artista. Rousselot, tras la sorpresa y la indignación inicial, simplemente optó por no hacer nada, al menos nada legal, y esperó. Algo en su interior que tal vez no erraríamos en llamar el espíritu del escritor, lo arrinconó en un limbo de aparente pasividad y empezó a blindarlo o a cambiarlo o a prepararlo para futuras sorpresas.

Por lo demás, su vida como escritor y como hombre ya había experimentado cambios suficientes como para colmar cualquier expectativa razonable: sus libros tenían buena crítica y se leían, incluso le proporcionaban unos ingresos extra, y su vida familiar pronto se vio enriquecida con la noticia de que María Eugenia iba a ser madre. Cuando la tercera película de Morini llegó a Buenos Aires Rousselot se encerró en su casa y consiguió aguantar una semana sin correr al cine como un poseso. Tampoco permitió que sus amigos le informaran de su argumento. Su idea inicial era no verla, pero al cabo de una semana no pudo más y una noche, resignadamente, salió al cine del brazo de su esposa tras besar a su hijo, que quedaba al cuidado de la niñera, con el corazón destrozado como si partiera a una guerra y nunca más lo fuera a ver.

La película de Morini se llamaba *La desaparecida* y no tenía nada en común con ninguna obra de Rousselot ni tampoco nada en común con las dos primeras películas de Morini. Al salir del cine su mujer comentó que le había parecido mala, aburrida. Álvaro Rousselot se reservó su opinión pero en el fondo pensaba lo mismo. Unos meses después publicó su siguiente novela, la más larga de todas (206 páginas), *La familia del malabarista,* en la que abandonaba el estilo fantástico y detectivesco de sus anteriores novelas y experimentaba con algo que, esforzándonos, podríamos llamar novela coral, novela polifónica, estilo que en él resultaba en cierto modo antinatural, forzado, pero que se salvaba por la honradez y sencillez de sus personajes, por un naturalismo que huía graciosamente de los tics de la novela naturalista, por las mismas historias que contaba, historias mínimas y valientes, historias felices e inútiles de donde salía, invicta, la esencia de la argentinidad.

Fue, sin duda, el éxito mayor de Rousselot, el libro que hizo que se reimprimieran todos sus anteriores libros, y la corona fue la obtención del Premio Municipal de Literatura, en cuya entrega Rousselot fue ungido como una de las cinco promesas más rutilantes de la nueva literatura argentina. Pero ésta es otra historia. Las promesas más rutilantes de cualquier literatura, ya se sabe, son flores de un día, y aunque el día sea breve y estricto o se alargue durante más de diez o veinte años, finalmente se acaba.

Los franceses, que desconfían por principio de nuestros premios municipales de literatura, tardaron en traducir y publicar *La familia del malabarista*. Por entonces, el prestigio de la novela latinoamericana se había trasladado hacia climas más cálidos que los de Buenos Aires. Para cuando la novela apareció en París, Morini ya había filmado su cuarta y quinta película, una historia de detectives franceses convencional pero simpática y un bodrio pretendidamente humorístico sobre las vacaciones de una familia en Saint-Tropez, respectivamente.

Ambas películas llegaron a la Argentina y Rousselot comprobó con alivio que en nada se parecían a cualquier cosa que él hubiera escrito. Era como si Morini se alejara de él o como si Morini, apurado por deudas o absorbido por el remolino del negocio cinematográfico, hubiera suspendido su comunicación con él. Tras el alivio, entonces, vino la tristeza. Durante unos días incluso le rondó por la cabeza la idea de haber perdido a su mejor lector, el único para el que verdaderamente escribía, el único que era capaz de responderle. Intentó ponerse en contacto con sus traductores, pero éstos estaban embarcados en otros textos y en otros autores y contestaron a sus cartas con palabras corteses y evasivas. Uno de ellos no había visto en su vida una película de Morini. El otro había visto una sola película pero justo aquella que presentaba similitudes con el libro que él no había traducido y que, a juzgar por lo que decía, tampoco había leído.

En su editorial de París ni siquiera se sorprendieron cuando Rousselot preguntó si Morini había tenido acceso al manuscrito antes de su publicación. Le respondieron, con desgana, que mucha gente tiene acceso al manuscrito en los diversos estadios previos a la aparición del libro impreso. Avergonzado, Rousselot prefirió no seguir molestando por correo a nadie más y prefirió dejar las averiguaciones para cuando por fin pudiera visitar París. Un año después fue invitado a un congreso de escritores en Frankfurt.

La delegación argentina era numerosa y el viaje fue ameno. Rousselot pudo conocer a dos viejos escritores porteños a quienes consideraba sus maestros. Intentó ser útil con ellos y a tal fin se prestó a realizar pequeños trabajos más propios de un secretario o de un valet que de un colega, gesto que le afeó un escritor de su propia promoción, tratándolo de obsecuente y servil. Pero Rousselot era feliz y no le hizo caso. La estancia en Frankfurt fue grata, pese al clima, y Rousselot no se separó en ningún momento del par de viejos escritores.

En realidad, esa atmósfera de felicidad un tanto artificial en gran medida fue creada por el mismo Rousselot, que sabía que al finalizar el congreso emprendería viaje a París, mientras el resto de sus compañeros volverían a Buenos Aires o se tomarían unos días de vacaciones en Europa. Cuando llegó el día de la partida y Rousselot fue a despedir al aeropuerto a la parte de la delegación que volvía a la Argentina los ojos se le llenaron de lágrimas. Uno de los viejos escritores lo notó y le dijo que no se preocupara, que pronto volverían a verse y que tenía las puertas de su casa de Buenos Aires abiertas para él. Rousselot no entendió lo que le decían. En realidad había estado a punto de llorar por el miedo a quedarse solo y, sobre todo, por el miedo de ir a París y enfrentar el misterio que allí le aguardaba.

Lo primero que hizo apenas se hubo instalado en un hotelito de Saint-Germain fue llamar al traductor de *Soledad (Las noches de la Pampa)* infructuosamente. El teléfono de su casa sonaba sin que nadie lo descolgara y en la editorial no tenían idea de su paradero. La verdad es que en la editorial tampoco sabían quién era Rousselot, aunque éste les afirmó que habían publicado dos libros suyos, *Las noches de la Pampa* y *Vida de recién casado*, hasta que finalmente un tipo de unos cincuenta años, cuya función en la empresa Rousselot no pudo jamás averiguar a ciencia cierta, lo reconoció y acto seguido, con una seriedad impropia (y que además no venía al caso), procedió a informarle de que las ventas de sus libros habían sido muy malas.

De allí Rousselot se dirigió a la casa editorial que había publicado *La familia del malabarista* (que Morini, al parecer, no leyó jamás) e intentó resignadamente averiguar la dirección de su traductor, con la esperanza de que éste lo pusiera en contacto con los traductores de *Las noches de la Pampa* y *Vida de recién casado*. Esta editorial era notablemente más pequeña

que la anterior, de hecho consistía tan sólo en una se-
cretaria, o eso fue lo que Rousselot pensó que era la
mujer que lo atendió, y un editor, un tipo joven que
lo recibió con una sonrisa y un abrazo y que insistió
en hablar en español aunque pronto quedó claro que
no dominaba esta lengua. Al ser preguntado por los
motivos por los que deseaba hablar con el traductor
de *La familia del malabarista,* Rousselot no supo qué
contestar, pues en ese momento se dio cuenta de que
era absurdo pensar que el traductor de esta novela o
de las anteriores pudiera llevarlo a Morini. Sin embargo, ante la franqueza de su editor francés (y ante
su disponibilidad, pues parecía no tener nada mejor
que hacer aquella mañana que escucharlo), decidió
contarle a éste toda la historia de Morini, desde el
principio hasta el final.

Cuando hubo terminado, el editor encendió un
cigarrillo y se estuvo largo rato en silencio, caminando de un extremo a otro de su oficina, una oficina
que a duras penas llegaba a los tres metros de largo.
Rousselot esperó, cada vez más nervioso. Finalmente
el editor se detuvo ante un anaquel acristalado lleno
de manuscritos y le preguntó si era la primera vez
que estaba en París. Algo cortado, Rousselot admitió
que así era. Los parisinos son unos caníbales, dijo el
editor. Rousselot se apresuró a puntualizar que no tenía ningún litigio en mente contra Morini, que sólo
deseaba verlo y tal vez preguntarle cómo había surgi-
do el argumento de las dos películas que a él, por decirlo de alguna manera, le concernían. El editor se rió
a mandíbula batiente. Desde Camus, dijo, aquí lo

único que interesa es el dinero. Rousselot lo miró sin entender sus palabras. No supo si el editor había querido decir que tras la muerte de Camus entre los intelectuales sólo primaba el dinero o si Camus había instituido entre los artistas la ley de la oferta y la demanda.

A mí no me interesa el dinero, susurró. Ni a mí tampoco, pobre amigo mío, dijo el editor, y véame dónde estoy.

Se separaron con la promesa de que Rousselot lo llamaría y se verían alguna noche para cenar. El resto del día lo dedicó a hacer turismo. Estuvo en el Louvre, visitó la torre Eiffel, comió en un restaurante del Barrio Latino, visitó un par de librerías de viejo. Por la noche telefoneó, desde su hotel, a un escritor argentino que vivía en París y al que conocía de su época de Buenos Aires. No eran propiamente lo que se dice amigos, pero Rousselot apreciaba su obra y había contribuido a que una revista porteña publicara algunos de sus textos.

El escritor argentino se llamaba Riquelme y se alegró de escuchar a Rousselot. Éste deseaba formalizar con él algún encuentro durante la semana, tal vez para comer o para cenar, pero Riquelme no quiso ni oír hablar de eso y le preguntó desde dónde lo llamaba. Rousselot dio el nombre de su hotel y le dijo que estaba pensando en acostarse. Riquelme dijo que ni se le ocurriera ponerse el pijama, que él se llegaba ahora mismo al hotel y que esa noche corría por su cuenta. Abrumado, Rousselot no supo oponerse. Hacía años que no veía a Riquelme y mientras lo aguardaba en el vestíbulo del hotel estuvo intentando recomponer su rostro. Tenía una cara redonda, ancha, y el pelo rubio, y era de baja estatura y de complexión fuerte. Hacía tiempo que no leía nada suyo.

Cuando por fin apareció Riquelme le costó reconocerlo: parecía más alto, menos rubio, usaba gafas. La noche fue pródiga en confidencias y revelaciones. Rousselot le contó a su amigo lo mismo que durante la mañana le había contado a su editor francés y Riquelme le contó que estaba escribiendo la gran novela argentina del siglo XX. Llevaba más de 800 páginas y esperaba terminarla en menos de tres años. Pese a que Rousselot no quiso, por prudencia, preguntarle nada sobre el argumento, Riquelme le contó con detalle algunas partes de su libro. Visitaron varios bares y centros nocturnos. En algún momento de la noche Rousselot se dio cuenta de que tanto Riquelme como él se estaban comportando como adolescentes. Al principio este descubrimiento lo abochornó, luego se entregó a él sin reservas, con la felicidad de saber que al final de la noche estaba su hotel, la habitación de su hotel y la palabra hotel, que en ese momento parecía encarnar milagrosamente (es decir de forma instantánea) la libertad y la precariedad.

Bebió mucho. Al despertarse descubrió a una mujer a su lado. La mujer se llamaba Simone y era puta. Desayunaron juntos en una cafetería cercana al hotel. A Simone le gustaba hablar y así Rousselot se enteró de que no tenía chulo porque un chulo era el peor negocio que podía hacer una puta, de que acababa de cumplir veintiocho años y de que le gustaba el cine. Como a él no le interesaba el mundo de los chulos parisinos y la edad de Simone no le pareció un tema fructífero de conversación, se pusieron a hablar de cine. A ella le gustaba el cine francés y más temprano que tarde llegaron a las películas de Morini. Las primeras eran muy buenas, dictaminó Simone, y Rousselot la hubiera besado allí mismo.

A las dos de la tarde volvieron juntos al hotel y no salieron hasta la hora de cenar. Se podría decir que Rousselot nunca se había sentido tan bien en su vida. Tenía ganas de escribir, de comer, de salir a bailar con Simone, de caminar sin rumbo por las calles de la orilla izquierda. De hecho, se sentía tan bien que en un momento de la cena, poco antes de pedir los postres, le contó a su acompañante el porqué de su viaje a París. Contra lo que esperaba, la puta no se sorprendió sino que se tomó con una naturalidad pasmosa no sólo el hecho de que él fuera escritor sino también el hecho de que Morini lo hubiera plagiado o copiado o se hubiera inspirado libremente en dos de sus novelas para realizar sus dos mejores películas.

Su respuesta, escueta, fue que en la vida pasaban estas cosas y cosas aún más raras. Luego, a quemarropa, le preguntó si estaba casado. En la pregunta estaba implícita la respuesta y Rousselot le mostró, con gesto resignado, su anillo de oro que en ese momento le apretaba como nunca el dedo anular. ¿Y tienes hijos?, dijo Simone. Un varoncito, dijo Rousselot con ternura al evocar mentalmente a su retoño. Añadió: Es igualito que yo. Después Simone le pidió que la acompañara a casa. El trayecto en taxi lo realizaron ambos en silencio, mirando cada uno por su ventanilla las luces y las sombras que surgían de donde uno menos se lo esperaba, como si a determinada hora y en determinados barrios la ciudad luz se transformara en una ciudad rusa del medievo o en las imágenes de tales ciudades que los directores de cine soviético entregaban de vez en cuando al público en sus películas. Finalmente el taxi se detuvo junto a un edificio de cuatro pisos y Simone lo invitó a bajar. Rousselot dudó si hacerlo y luego recordó que no le había pagado. Se sintió compungido y bajó sin pensar en cómo volvería a su hotel, ya que en aquel barrio no parecían abundar los taxis. Antes de entrar en el edificio le tendió, sin contarlos, un fajo de billetes que Simone se guardó, ella también sin contarlos, en el bolso.

El edificio carecía de ascensor. Cuando llegaron al cuarto piso Rousselot se sentía exhausto. En la sala, mal iluminada, una vieja tomaba un licor blanquecino. A una señal de Simone, Rousselot se sentó junto a la vieja, que sacó un vaso y se lo llenó con aquel licor espantoso, mientras Simone se perdía detrás de una de las puertas, para reaparecer al cabo de un rato y decirle, mediante gestos, que se acercara. ¿Y ahora qué?, pensó Rousselot.

La habitación era pequeña y en una cama dormía un niño. Es mi hijo, dijo Simone. Es precioso, dijo Rousselot. Y, en efecto, el niño era guapo, aunque tal vez todo se debiera a que estaba dormido. Rubio, de pelo demasiado largo, se parecía a su madre, aunque en sus facciones infantiles ya todo era varonil, comprobó Rousselot. Cuando salió de la habitación, Simone estaba pagándole a la vieja, que se despedía llamándola señora Simone y a él incluso le deseaba las buenas noches, de manera efusiva, buenas noches pase el caballero. Cuando estimó que por aquel día ya había sido suficiente y se quiso marchar, Simone le dijo que si quería podía pasar la noche con ella. Pero no en mi cama, dijo, porque no le gustaba que su hijo la viera acostada con un desconocido. Antes de dormirse hicieron el amor en el cuarto de Simone y luego Rousselot se marchó a la sala, se acostó en el sofá y se quedó dormido.

El día siguiente, se podría decir, lo pasó en familia. El pequeño se llamaba Marc y a Rousselot le pareció un niño inteligentísimo cuyo francés era sin duda mejor que el suyo. No reparó en gastos: desayunaron en el centro de París, estuvieron en un parque, comieron en un restaurante de la rue de Verneuil del que le habían hablado en Buenos Aires, luego fueron a remar a un lago y finalmente entraron en un supermercado donde Simone compró todos los ingredientes para preparar una cena como es debido. A todos los sitios se trasladaron en taxi. En la terraza de un café del boulevard Saint-Germain, mientras esperaban los helados, vio a un par de escritores famosos. Los admiró desde lejos. Simone le preguntó si los conocía. Dijo que no, pero que había leído sus obras con atención y devoción. Pues levántate y pídeles un autógrafo, dijo ella.

Al principio le pareció una idea más que razonable, diríamos natural, pero en el último segundo decidió que no tenía derecho a molestar a nadie, menos

103

aún a quienes siempre había admirado. Esa noche durmió en la cama de Simone y durante horas hicieron el amor, tapándose mutuamente los labios para no gemir y despertar al niño, en ocasiones con violencia, como si ambos no supieran hacer otra cosa que quererse. Al día siguiente volvió, antes de que se despertara el niño, a su hotel.

Contra lo que esperaba, nadie había puesto su maleta en la calle y a nadie le extrañó verlo aparecer de pronto, como un fantasma. En la recepción le entregaron dos mensajes de Riquelme. En el primero decía que sabía cómo localizar a Morini. En el segundo le preguntaba si aún tenía interés en conocerlo.

Se duchó, se afeitó, se lavó (con horror) los dientes, se cambió de ropa y llamó a Riquelme. Hablaron durante mucho rato. Un amigo de Riquelme, le contó éste, un periodista español, conocía a otro periodista, un francés, que se dedicaba a hacer sueltos sobre cine, teatro y música. El periodista francés había sido amigo de Morini y conservaba su número de teléfono. Cuando el español le pidió el número, el francés no tuvo ningún reparo en facilitárselo. Luego ambos (Riquelme y el periodista español) llamaron al teléfono de Morini, sin demasiadas expectativas, y su sorpresa fue mayúscula cuando la mujer que les contestó les dijo que en efecto aquélla era la residencia del director de cine.

Ahora sólo faltaba concertar un encuentro (al que Riquelme y el periodista español deseaban asistir) con un pretexto cualquiera, el más fútil, una entrevista para un periódico argentino, por ejemplo, con sorpresa final. ¿Qué sorpresa final?, gritó Rousselot. La sorpresa final es cuando el falso periodista, contestó Riquelme, le revela al plagiario que él es quien es, es decir el autor de los libros plagiados. Esa tarde, mientras Rousselot tomaba fotografías un poco al azar a orillas del Sena, un clochard se le acercó y le pidió unas monedas. Rousselot le ofreció un billete pero a condición de que se dejara fotografiar. El clochard aceptó y durante un rato ambos caminaron juntos, en silencio, deteniéndose cada cierto tiempo para que el escritor argentino, que entonces se alejaba a una distancia que le parecía conveniente, pudiera hacer su fotografía. A la tercera foto el clochard le sugirió una pose que Rousselot aceptó sin discutir. En total le hizo ocho: en una el clochard aparecía de rodillas con los brazos en cruz, en otra aparecía durmiendo en un banco, en otra mirando ensimismado el cauce del río, en otra sonriendo y saludando con la mano. Cuando la sesión fotográfica se acabó Rousselot le dio dos billetes y todas las monedas que tenía en el bolsillo y permanecieron juntos, de pie, como si aún hubiera algo más que decirse y ninguno se atreviera a hacerlo. ¿De dónde es usted?, le preguntó el clochard. Buenos Aires, dijo Rousselot, Argentina. Qué casualidad, dijo el clochard en español, yo también soy argentino. A Rousselot esta revelación no le sorprendió en lo más mínimo. El clochard se puso a tararear un tango y luego le dijo que llevaba más de quince años viviendo en Europa, donde había alcanzado la felicidad y, en ocasiones, la sabiduría. Rousselot se dio cuenta de que ahora el clochard lo tuteaba, lo que no había hecho cuando hablaban en francés. Incluso su voz, el tono de su voz, parecía haber cambiado. Se sintió abrumado y tristísimo, como si supiera que al final del día iba a asomarse a un abismo. El clochard se dio cuenta y le preguntó qué era lo que lo preocupaba.

Nada, una mina, dijo Rousselot, tratando de adoptar el mismo tono de su compatriota. Luego se despidió un poco apresuradamente y cuando ya subía las escaleras oyó la voz del clochard que le decía que lo único cierto era la muerte. Me llamo Enzo Cherubini y yo te digo que lo único cierto es la muerte, oyó. Cuando se dio la vuelta el clochard se alejaba en dirección contraria.

Por la noche llamó a Simone y no la encontró. Habló un rato con la vieja que le cuidaba el niño y luego colgó. A las diez de la noche apareció Riquelme. Reacio a salir, Rousselot dijo que tenía fiebre y náuseas, pero todos los pretextos fueron inútiles. Con tristeza se dio cuenta de que París había convertido a su colega en una fuerza de la naturaleza contra la que no cabía ninguna oposición. Esa noche cenaron en un restaurantito de la rue Racine especializado en carnes a la brasa, donde se les unió el periodista español, un tal Paco Morral, que a veces imitaba el modo de hablar porteño, muy mal, y creía que el cine español era muy superior, con mayor densidad, que el cine francés, algo en lo que Riquelme estuvo de acuerdo.

La cena se prolongó mucho más de lo previsto y Rousselot empezó a sentirse mal. Al volver a su hotel, a las cuatro de la mañana, tenía fiebre y se puso a vomitar. Se despertó poco antes del mediodía con la sensación de haber vivido en París muchos años. Buscó en los bolsillos de su chaqueta el teléfono que consiguió arrancarle a Riquelme y llamó a Morini. Una mujer, la misma mujer que había hablado antes con Riquelme, supuso, descolgó el aparato y le dijo que monsieur Morini se había marchado esa mañana a pasar unos días con sus padres. De inmediato pensó que la mujer mentía o que el cineasta, antes de salir disparado, le había mentido a ella. Dijo que era un periodista argentino que deseaba entrevistarlo para una revista de distribución continental, una revista que circulaba profusa e incesantemente desde Argentina hasta México. El único problema, arguyó, era que no tenía tiempo pues su avión salía en un par de días. Humildemente le pidió la dirección de los padres de Morini. No fue necesario insistir más. La mujer lo escuchó educadamente y luego dijo el nombre de un pueblo normando, una calle, un número.

Rousselot le dio las gracias y llamó luego a Simone. No encontró a nadie. De pronto se dio cuenta de que ni siquiera sabía qué día era. Pensó en preguntárselo a un camarero, pero le dio vergüenza. Llamó a Riquelme. Una voz enronquecida le contestó al otro lado. Le preguntó si sabía dónde quedaba el pueblo de los padres de Morini. ¿Qué Morini?, dijo Riquelme. Tuvo que recordárselo y volver a explicarle parte de la historia. Ni idea, dijo Riquelme, y colgó. Tras un momentáneo enojo, pensó que era mejor así, que Riquelme se desentendiera definitivamente de su historia. Luego volvió al hotel, hizo las maletas y se marchó a una estación ferroviaria.

El viaje a Normandía fue lo suficientemente largo como para que tuviera tiempo de recapitular lo que había hecho durante el tiempo que estuvo en París. Un cero absoluto se encendió en su cabeza y luego, con delicadeza, desapareció para siempre. El tren se detuvo en Rouen. Otro argentino, él mismo, pero en otras circunstancias, no hubiera tardado un segundo en lanzarse por las calles como un perdiguero tras las huellas de Flaubert. Rousselot ni siquiera abandonó la estación, esperó durante veinte minutos el tren de Caen y se entretuvo pensando en Simone, en quien se personificaba la gracia de la mujer francesa, y en Riquelme y su extraño amigo periodista, en el fondo más interesados, ambos, en hurgar en su propio fracaso que en la historia, por singular que fuera, de cualquier otra persona, lo que bien visto tampoco era excesivamente raro, sino más bien normal. La gente sólo se preocupa de sí misma, dictaminó con gravedad.

En Caen tomó un taxi hasta Le Hamel. Con sorpresa, descubrió que la dirección que le habían dado en París pertenecía a un hotel. El hotel tenía cuatro pisos y no carecía de cierto encanto, pero estaba cerrado hasta principios de temporada. Durante media hora Rousselot estuvo dando vueltas alrededor, pensando si la mujer que vivía en casa de Morini no le habría tomado el pelo, hasta que finalmente se cansó y se acercó al puerto. En un bar le informaron de que encontrar un hotel abierto en Le Hamel era casi imposible. El dueño del local, un tipo pelirrojo y de una palidez cadavérica, le aconsejó que se alojara en Arromanches. A menos que quisiera dormir en una de las posadas que permanecían abiertas todo el año. Rousselot le dio las gracias y buscó un taxi.

Se alojó en el mejor hotel que pudo encontrar en Arromanches, un caserón de ladrillos y piedra y madera que crujía con los embates del viento. Esta noche soñaré con Proust, se dijo. Luego telefoneó a Simone y habló con la vieja que cuidaba al niño. La señora no iba a llegar hasta pasadas las cuatro de la mañana, hoy tiene una orgía, le dijo. ¿Qué?, dijo Rousselot. La vieja repitió la frase. Dios mío, pensó Rousselot, y colgó sin despedirse. Para colmo, esa noche no soñó con Proust sino con Buenos Aires, donde encontraba a miles de Riquelmes instalados en el Pen Club argentino, todos con un billete para viajar a Francia, todos gritando, todos maldiciendo un nombre, el nombre de una persona o de una cosa que Rousselot no oía bien, tal vez se trataba de un trabalenguas, de una contraseña que nadie quería desvelar pero que los devoraba por dentro.

A la mañana siguiente, mientras desayunaba, se dio cuenta, con estupor, de que ya no le quedaba dinero. De Arromanches a Le Hamel había una distancia de tres o cuatro kilómetros y decidió hacer el recorrido a pie. En estas playas, se dijo para darse ánimos, desembarcaron los soldados ingleses durante la Segunda Guerra Mundial. Pero la verdad es que el ánimo lo tenía por los suelos y aunque pensaba recorrer los tres kilómetros en media hora, tardó más de una en llegar a Le Hamel. Por el camino se puso a hacer cuentas, a recapitular con cuánto dinero había llegado a Europa, con cuánto a París, cuánto había gastado en comidas, cuánto había gastado con Simone, Bastante, se dijo con melancolía, cuánto con Riquelme, cuánto en taxis (¡Me han estafado continuamente!), qué posibilidades había de que hubiera sido víctima de un robo y no se hubiera dado cuenta. Los únicos que le pudieron robar sin que él lo notara, concluyó gallardamente, fueron el periodista español y Riquelme. La idea, contemplada desde aquel paisaje donde había muerto tanta gente, no le pareció descabellada.

Desde la playa contempló el hotel de Morini. Cualquier otro no hubiera insistido. Dar vueltas alrededor del hotel, para cualquier otro, hubiera sido un reconocimiento de su propia imbecilidad, de un embrutecimiento que Rousselot llamaba *parisiense,* o un embrutecimiento *cinematográfico,* incluso puede que *literario,* aunque esta palabra para Rousselot aún conservaba todos sus oropeles o, si hemos de ser sinceros, parte de sus oropeles. Cualquier otro, en realidad, estaría a esas horas de la mañana telefoneando a la embajada argentina e inventando una mentira verosímil que justificara un préstamo para pagar el hotel. Pero Rousselot, en lugar de encadenarse junto a un teléfono, tocó el timbre y no se sorprendió al oír la voz de una vieja que, asomada a una de las ventanas del primer piso, le preguntó qué quería, ni se sorprendió de su respuesta: Necesito ver a su hijo. Después la vieja desapareció y Rousselot esperó junto a la puerta lo que le pareció una eternidad.

De vez en cuando se tocaba la frente para comprobar si tenía fiebre o se tomaba el pulso. Cuando por fin abrieron vio un rostro más bien moreno, enjuto, con grandes ojeras, la jeta de un tipo vicioso, dictaminó, el cual le era vagamente familiar. Morini lo invitó a pasar. Mis padres, dijo, trabajan de vigilantes de este hotel desde hace más de treinta años. Se instalaron en el lobby, cuyos sillones estaban a cubierto del polvo por enormes sábanas con el anagrama del hotel. En una pared vio un óleo de las playas de Le Hamel, con bañistas vestidos a la moda de 1910, mientras en la pared de enfrente una colección de retratos de clientes ilustres (o eso supuso) los contemplaban desde una zona invadida por la neblina. Sintió un escalofrío. Soy Álvaro Rousselot, dijo, el autor de *Soledad,* quiero decir, el autor de *Las noches de la Pampa.*

Morini tardó unos segundos en reaccionar, pero cuando lo hizo se levantó de un salto, lanzó un grito de espanto y se perdió por los pasadizos del hotel. En ningún caso Rousselot esperaba una respuesta de estas proporciones y lo que hizo fue quedarse sentado, encender un cigarrillo (cuya ceniza fue cayendo sobre la alfombra), y pensar con melancolía en Simone, en el hijo de Simone, en una cafetería de París que servía los mejores croissants que había probado en su vida. Después se levantó y empezó a llamar a Morini. Guy, decía, sin demasiada convicción, Guy, Guy, Guy.

Lo encontró en un desván donde se amontonaban los útiles de limpieza del hotel. Había abierto la ventana y parecía hipnotizado por el parque que rodeaba el establecimiento, y por el parque vecino, que pertenecía a una casa particular y que se podía observar parcialmente a través de una reja oscura. Rousselot se le acercó y le palmeó la espalda. Morini entonces le pareció más frágil y más bajito que antes. Durante un rato ambos se quedaron mirando alternativamente los jardines. Después Rousselot escribió sobre un papel la dirección del hotel en París y el hotel en el que paraba actualmente y se la metió en un bolsillo del pantalón al cineasta. El acto le pareció reprobable, gestualmente reprobable, pero luego, mientras caminaba de regreso a Arromanches, todos los gestos y todas las acciones que había hecho en París le parecieron reprobables, vanos, sin sentido, incluso ridículos. Debería suicidarme, pensó mientras caminaba por la orilla del mar.

De vuelta en Arromanches hizo lo que toda persona razonable hubiera hecho nada más comprobar que no le quedaba dinero. Llamó a Simone, le explicó su situación y le pidió un préstamo. A las primeras de cambio Simone le dijo que ella no tenía chulo, a lo que Rousselot respondió que era un *préstamo,* y que pensaba devolvérselo con el treinta por ciento de interés, pero luego ambos se rieron y Simone le dijo que no hiciera nada, que no se moviera del hotel, que dentro de unas horas, apenas consiguiera que alguna amiga le prestara un coche, iría a buscarlo. También le dijo querido varias veces, a lo que él respondió utilizando la palabra querida, que nunca como entonces le supo tan dulce. El resto del día Rousselot lo pasó como si en realidad fuera un escritor argentino, algo de lo que había empezado a dudar en los últimos días o tal vez en los últimos años, no sólo en lo que le concernía a él sino también en lo tocante a la posible literatura argentina.

DOS CUENTOS CATÓLICOS

I. LA VOCACIÓN

1. Tenía diecisiete años y mis días, quiero decir todos mis días, uno detrás de otro, eran un temblor constante. Nada me entretenía, nada vaciaba la angustia que se acumulaba en mi pecho. Vivía como un actor imprevisto dentro del ciclo iconográfico del martirio de San Vicente. ¡San Vicente, diácono del obispo Valero y torturado por el gobernador Daciano en el año 304, ten piedad de mí! **2.** A veces hablaba con Juanito. No, a veces no. A menudo. Nos sentábamos en los sillones de su casa y hablábamos de cine. A Juanito le gustaba Gary Cooper. Decía: La apostura, la templanza, la limpieza de alma, el valor. ¿Templanza? ¿Valor? Le hubiera escupido a la cara lo que se ocultaba tras sus certezas, pero prefería enterrar las uñas en el reposabrazos y morderme los labios cuando él no me miraba e incluso cerrar los párpados y hacer como que meditaba sus palabras. Pero yo no meditaba. Al contrario: se me aparecían, bajo la forma de un carrusel, las imágenes del martirio de San Vicente. 3. Primero: atado a un aspa de madera, es descoyuntado mientras le desgarran la carne con garfios. Y luego: sometido al tormento del fuego en una parrilla sobre brasas. Y luego: preso en una mazmorra cuyo suelo está cubierto de cascotes de vidrio y de cerámica. Y luego: el cadáver del mártir, abandonado en lugar desierto, es defendido por un cuervo contra la voracidad de un lobo. Y luego: desde una barca es arrojado su cuerpo al mar con una rueda de molino atada al cuello. Y luego: el cuerpo es devuelto por las olas a la costa y allí piadosamente enterrado por una matrona y otros cristianos. 4. A veces sentía mareos. Ganas de vomitar. Juanito hablaba de la última película que habíamos visto y yo asentía con la cabeza y notaba que me estaba ahogando, como si los sillones estuvieran en el fondo de un lago muy profundo. Recordaba el cine, recordaba el momento de comprar las entradas, pero era incapaz de recordar las escenas que mi amigo, ¡mi único amigo!, rememoraba, como si la oscuridad del fondo del lago lo hubiera invadido todo. Si abro la boca tragaré agua. Si respiro tragaré agua. Si sigo vivo tragaré agua y mis pulmones se encharcarán por los siglos de los siglos. 5. En ocasiones entraba en la habitación la madre de Juanito y me preguntaba cosas íntimas. Cómo iban mis estudios, qué libro estaba leyendo, si había ido al circo que se había instalado en las afueras de la ciudad. La madre de Juanito vestía siempre muy elegante y era, como nosotros, una adicta al cine. 6. Alguna vez soñé con ella, alguna vez abrí la puerta de su dormitorio, y en vez de ver una cama, un tocador, un armario, vi una habitación vacía, con suelo de ladrillos rojos, que sólo hacía las veces de antesala de un largo pasillo, un pasillo larguísimo, como el túnel de la carretera que atraviesa la montaña y que luego se dirige hacia Francia, sólo que en este caso el túnel no estaba en la parte alta de la carretera sino en la habitación de la madre de mi mejor amigo. Esto más vale que lo recuerde constantemente: mi mejor amigo. Y el túnel, al revés de lo que suele pasar en un túnel de montaña, parecía suspendido en un silencio fragilísimo, como el silencio de la segunda quincena de enero o de la primera quincena de febrero. 7. Actos nefandos en noches aciagas. Se lo recité a Juanito. ¿Actos nefandos, noches aciagas? ¿El acto es nefando porque la noche es aciaga o la noche es aciaga porque el acto es nefando? Qué preguntas son ésas, dije casi llorando. Tú estás chalado. Tú no entiendes nada, dije mirando por la ventana. 8. El padre de Juanito es de estatura pequeña pero de porte arrojado. Fue militar y durante la guerra recibió varias heridas. Sus medallas cuelgan de una pared de su estudio, en un estuche con tapa de vidrio. Cuando llegó a la ciudad, dice Juanito, no conocía a nadie y quienes no lo miraban con temor lo hacían con resentimiento. Aquí conoció, al cabo de unos meses, a mi madre, dice Juanito. Durante cinco años fueron novios. Luego mi padre la llevó al altar. Mi tía a veces habla del padre de Juanito. Según ella, fue un jefe de policía honrado. Al menos, eso se decía. Si una sirvienta robaba en casa de sus señores, el padre de Juanito la encerraba tres días y no le daba ni un mendrugo. Al cuarto día la interrogaba él personalmente y la sirvienta se apresuraba a confesar su pecado: el lugar exacto donde estaban las joyas y el nombre del gañán que las había robado. Después los guardias detenían al hombre y lo encerraban en prisión y el padre de Juanito metía a la sirvienta en un tren y le aconsejaba que no volviera. **9.** Estas acciones eran celebradas por todo el pueblo, como si el jefe de policía demostrara con ellas su preeminencia intelectual. **10.** Cuando llegó el padre de Juanito sólo tenía trato social con los asiduos del casino. La madre de Juanito tenía diecisiete años y era muy rubia, a juzgar por las fotos que cuelgan en algunos rincones de la casa, mucho más que ahora, y había terminado sus estudios en el Corazón de María, el colegio de monjas que está en la parte norte de la ciudadela. El padre de Juanito debía de tener unos treinta. Todavía, aunque ya está jubilado, va todas las tardes al casino y bebe carajillos o una copa de coñac y también suele jugar a los dados con los asiduos. Otros asiduos que ya no son los asiduos de su época, pero como si lo fueran, porque la admiración ya se da por sentada. El hermano mayor de Juanito vive en Madrid, donde es un abogado famoso. La hermana de Juanito está casada y también vive en Madrid. En esta bendita casa sólo quedo yo, dice Juanito. ¡Y yo! ¡Y yo! **11.** Nuestra ciudad cada día es más pequeña. A veces tengo la impresión de que todos se están marchando o están encerrados en sus cuartos preparando las maletas. Si yo me marchara no llevaría maleta. Ni

118

siquiera un hatillo con unas pocas pertenencias. A veces hundo la cabeza en las manos y escucho a las ratas que corren por las paredes. San Vicente, dame fuerzas. San Vicente, dame templanza. 12. ¿Tú quieres ser santo?, me dijo la madre de Juanito hace dos años. Sí, señora. Me parece muy buena idea, pero tienes que ser muy bueno. ¿Lo eres? Procuro serlo, señora. Y hace un año, mientras iba caminando por General Mola, el padre de Juanito me saludó y luego se detuvo y me preguntó si era yo el sobrino de Encarnación. Sí, señor, le dije. ¿Tú eres el que quiere ser cura? Asentí con una sonrisa. 13. ¿Por qué asentir con una sonrisa? ¿Por qué pedir perdón con una sonrisa de imbécil? ¿Por qué mirar hacia otro lado sonriendo como un tarugo? 14. Por humildad. 15. Eso está muy bien, dijo el padre de Juanito. Cojonudo. Hay que estudiar mucho, ¿verdad? Asentí con una sonrisa. ¿Y ver menos películas? Sí, señor, yo voy poco al cine. 16. Vi alejarse la figura erguida del padre de Juanito, parecía como si caminara con las puntas de los pies, un hombre viejo pero todavía enérgico. Lo vi bajar las escalinatas que llevan a la calle de los Vidrieros, lo vi desaparecer sin un solo temblor, sin una sola vacilación, sin mirar ni un solo escaparate. La madre de Juanito, por el contrario, siempre miraba escaparates y a veces entraba en las tiendas y si tú te quedabas fuera, aguardándola, oías, a veces, su risa. Si abro la boca tragaré agua. Si respiro tragaré agua. Si sigo vivo tragaré agua y mis pulmones se encharcarán por los siglos de los siglos. 17. ¿Y tú qué vas a ser, gilipollas?, me dijo Juanito. ¿Ser o hacer?, dije yo. Ser, gilipollas. Lo que Dios quiera, dije. Dios pone a cada uno en su lugar, dijo mi tía. Nuestros antepasados fueron gente de bien. No hubo soldados en nuestra familia, pero sí curas. Como quién, dije yo mientras empezaba a dormirme. Mi tía gruñó. Vi una plaza llena de nieve y vi a los campesinos que acudían con sus productos al mercado barrer la nieve e instalar cansinamente sus tenderetes. San Vicente, por ejemplo, saltó mi tía. El diácono del obispo de Zaragoza, que en el año 304, aunque quien dice 304 puede decir 305 o 306 o 307 o 303 de nuestra era, fue apresado y trasladado a Valencia, donde Daciano, el gobernador, lo sometió a crueles torturas, de resultas de las cuales murió. **18.** ¿Por qué crees que San Vicente va vestido de rojo?, le pregunté a Juanito. Ni idea. Porque todos los mártires de la Iglesia llevan una prenda roja, para ser distinguidos como tales. Este niño es inteligente, dijo el padre Zubieta. Estábamos solos y el estudio del padre Zubieta helaba los huesos y el padre Zubieta o mejor dicho las ropas del padre Zubieta olían a tabaco negro y a leche agria, todo mezclado. Si decides ingresar en el seminario, nuestras puertas están abiertas. La vocación, la llamada de la vocación, hace temblar, pero no exageremos. ¿Temblé?, ¿sentí que se removía la tierra?, ¿experimenté el vértigo del matrimonio divino? **19.** No exageremos, no exageremos. Los rojos visten igual, dijo Juanito. Los rojos visten de caqui, dije yo, de verde, con franjas de camuflaje. No, dijo Juanito, los putos rojos visten de rojo. Y las putas también. Un tema que despertó mi interés. ¿Las putas? ¿Las putas de dónde? Pues las putas de aquí, dijo Juanito, y supongo que también las de Madrid. ¿Aquí, en nuestra ciudad? Sí, dijo Juanito y quiso cambiar de tema. ¿En nuestra ciudad o en nuestro pueblo o en nuestro desamparo hay putas? Pues sí, dijo Juanito. Yo creía que tu padre las había corregido a todas. ¿Corregido? ¿Es que te has creído que mi padre es un cura? Mi padre fue un héroe de guerra y después comisario de policía. Mi padre no corrige nada. Investiga y descubre. Punto. ¿Y dónde has visto tú a las putas? En el cerro del Moro, donde han vivido siempre, dijo Juanito. Dios santo. **20.** Mi tía dice que San Vicente. Basta ya con tu tía y con San Vicente, tu tía está loca perdida. ¿Cómo vas a tener una familia que se remonte hasta el año 300? ¿Dónde has visto tú una familia tan antigua? Ni la casa de Alba. Y al cabo de un rato: tu tía no es mala persona, al contrario, es buena, pero no tiene el juicio muy claro. ¿Esta tarde iremos al cine? Dan una película con Clark Gable. Y la madre de Juanito: Id, id, yo fui hace dos días y es una historia entretenidísima. Y Juanito: Madre, es que éste no tiene dinero. Y la madre de Juanito: Pues se lo prestas tú y santas pascuas. **21.** Dios se apiade de mi alma. A veces siento deseos de que se mueran todos. Mi amigo y su madre y su padre y mi tía y todos los vecinos y los viandantes y los automovilistas que dejan sus coches estacionados junto al río y hasta los pobres inocentes niños que corretean por el parque junto al río. Dios tenga piedad de mi alma y me haga mejor. O me deshaga. **22.** Si todos se murieran, además, ¿qué haría yo con tantos cadáveres? ¿Cómo podría seguir viviendo en esta ciudad o semiciudad? ¿Me ocuparía yo de enterrarlos a todos? ¿Arrojaría sus cuerpos al río? ¿De cuánto tiempo dispondría antes de que la carne se corrompiera, antes de que el hedor se hiciera insoportable? Ah, la nieve. 23. La nieve cubría las calles de nuestra ciudad. Antes de entrar al cine compramos castañas y peladillas. Llevábamos las bufandas subidas hasta la nariz y Juanito se reía y hablaba de aventuras en las antiguas colonias holandesas de Asia. A nadie dejaban pasar con castañas, por un asunto de primordial higiene, pero a Juanito sí que lo dejaban pasar. Esta película la hubiera interpretado mejor Gary Cooper, dijo Juanito. Asia. Chinos. Leprosarios. Mosquitos. 24. Al salir nos separamos en la calle de los Cuchillos. Yo me quedé quieto bajo la nieve y Juanito echó a correr rumbo a su casa. Pobre potrillo, pensé, pero Juanito sólo tenía un año menos que yo. Cuando desapareció subí por la calle de los Toneleros hasta la plaza del Sordo y luego torcí el camino y me dirigí, bordeando las murallas de la antigua fortaleza, hacia el cerro del Moro. La luz de las farolas se reflejaba contra la nieve y las fachadas de las viejas casas parecían recoger, de forma efímera pero también de forma natural, diríase serena, los oropeles del pasado. Me asomé a una ventana enjabelgada y vi una sala bien dispuesta, con un Sagrado Corazón de Jesús presidiendo una de las paredes. Pero yo era ciego y sordo y seguí subiendo, por la acera de la sombra, cosa de no ser reconocido. Cuando llegué a la plazuela del Cadalso me di cuenta, sólo entonces, de que no me había cruzado con ningún viandante durante toda la ascensión. Con este frío, me dije, no habrá persona que cambie los calores del hogar por la crudeza de las calles. Ya había anochecido y desde la plazuela se veían las luces de algunos barrios y los puentes a partir de la plaza de don Rodrigo y el recodo que hace el río antes de seguir su curso hacia el este. En el cielo brillaban las estrellas. Pensé que parecían copos de nieve. Copos suspendidos, es decir elegidos por Dios para permanecer inmóviles en el firmamento, pero copos al fin y al cabo. **25.** Me estaba quedando helado. Decidí volver a casa de mi tía y tomar chocolate caliente o una sopa caliente junto a la estufa. Me sentía cansado y la cabeza me daba vueltas. Rehíce el camino. Entonces lo vi. Al principio sólo fue una sombra. **26.** Pero no era una sombra sino un monje. A juzgar por el hábito podía ser un franciscano. Llevaba capucha, una gran capucha que velaba casi totalmente su rostro reflexivo. ¿Por qué digo reflexivo? Porque miraba el suelo. **27.** ¿De dónde venía? ¿De dónde había salido? Lo ignoro. Tal vez de dar la extremaunción a un moribundo. Tal vez de asistir a un niño enfermo. Tal vez de proveer con escasas viandas a un indigente. Lo cierto es que caminaba sin hacer *ningún* ruido. Durante un segundo creí que era una aparición. No tardé en comprender que la nieve atenuaba cualquier pisada, incluso las mías. **28.** Iba descalzo. Cuando me di cuenta me sentí herido por un rayo. Bajamos del cerro del Moro. Al pasar por la iglesia de Santa Bárbara lo vi persignarse. Sus huellas purísimas refulgían en la nieve como un mensaje de Dios. Me puse a llorar. De buena gana me hubiera arrodillado para besar esas huellas cristalinas, esa respuesta que durante tanto tiempo había aguardado, pero no lo hice por temor a perderlo de vista en cualquier calleja. Salimos del centro. Atravesamos la plaza Mayor y luego cruzamos un puente. El monje caminaba a buen paso, ni lento ni rápido, a buen paso, como debe caminar la Iglesia. 29. Nos alejamos por la avenida Sanjurjo, bordeada de plátanos, hasta llegar a la estación. El calor allí era considerable. El monje entró en los lavabos y luego compró un billete de tren. Al salir, sin embargo, me fijé en que se había puesto zapatos. Sus tobillos eran delgados como cañas. Salió al andén. Lo vi sentado, con la cabeza gacha, esperando y orando. Me quedé de pie, temblando de frío, oculto por uno de los pilares del andén. Cuando el tren llegó el monje saltó a uno de los vagones con una agilidad sorprendente. 30. Al salir, ya solo, intenté buscar sus huellas en la nieve, las huellas de sus pies descalzos, pero no encontré ni rastro de ellas.

II. EL AZAR

1. Le pregunté qué edad creía que yo tenía. Dijo que sesenta aunque sabía que yo no tenía esa edad. ¿Tan mal estoy?, le pregunté. Peor que mal, dijo. ¿Y tú te crees que estás mejor?, le dije. ¿Y si estás mejor por qué tiemblas? ¿Tienes frío? ¿Te has vuelto loco? ¿Y por qué me hablas sin que venga a cuento del comisario Damián Valle? ¿Él todavía es comisario? ¿Él

no ha cambiado? Dijo que algo había cambiado, pero que seguía siendo un hijo de puta de mucho cuidado. ¿Todavía es comisario? Como si lo fuera, dijo. Si te quiere hacer daño te hará daño, esté jubilado o muriéndose en el hospital. ¿Y por qué tiemblas?, le dije después de pensar unos minutos. Tengo frío, mintió, y además me duelen los dientes. No me hables más de don Damián, le dije. ¿Es que yo soy amigo de ese madero? ¿Es que me junto con esbirros? No, dijo. Pues no me hables más de él. 2. Durante un rato estuvo meditando. No sé en qué meditaría. Luego me dio un mendrugo de pan. Estaba duro y le dije que si comía esos manjares no me extrañaba que le dolieran los dientes. En el manicomio comíamos mejor, le dije, y eso es mucho decir. Vete de aquí, Vicente, me dijo el viejo. ¿Sabe alguien que estás aquí? ¡Pues, entonces, albricias! Ahueca antes de que se enteren. No saludes a nadie. No despegues la vista del suelo y vete lo antes posible. 3. Pero no me fui de inmediato. Me puse en cuclillas delante del viejo y traté de pensar en los buenos tiempos. Tenía la mente en blanco. Creí que algo se quemaba dentro de mi cabeza. El viejo, a mi lado, se arrebujó con una manta y movió las mandíbulas como si masticara, aunque no tenía nada en la boca. Recordé los años en el manicomio, las inyecciones, las sesiones de manguera, las cuerdas con que ataban a muchos por la noche. Vi otra vez aquellas camas tan curiosas que se ponían de pie mediante un ingenio de poleas. Sólo al cabo de cinco años me enteré de para qué servían. Los internos las llamaban camas americanas. 4. ¿Puede un ser humano acostumbrado a dormir en posición horizontal hacerlo en posición vertical? Puede. Al principio es difícil. Pero si lo atan bien, puede. Las camas americanas servían para eso, para que uno durmiera tanto en posición horizontal como en posición vertical. Y su función no era, como pensé cuando las vi por primera vez, castigar a los internos, sino evitar que éstos murieran ahogados por sus propios vómitos. 5. Por supuesto, había internos que hablaban con las camas americanas. Las trataban de usted. Les contaban cosas íntimas. También había internos que les temían. Algunos decían que tal cama le había guiñado un ojo. Otro que tal otra lo había violado. ¿Que una cama te dio por culo? ¡Pues estás jodido, tío! Se decía que las camas americanas, de noche, recorrían muy erguidas los pasillos y se iban a conversar, todas juntas, al refectorio, y que hablaban en inglés, y que a estas reuniones iban todas, las vacías y las que no estaban vacías, y, por supuesto, quienes contaban estas historias eran los internos que por una u otra causa las noches de reunión permanecían atados a ellas. 6. Por lo demás, la vida en el manicomio era muy silenciosa. En algunas zonas vedadas se oían gritos. Pero nadie se acercaba a esas zonas ni abría la puerta ni aplicaba el ojo a la cerradura. La casa era silenciosa, el parque, que cuidaban dos jardineros que también estaban locos y que no podían salir, aunque estaban menos locos que los demás, era silencioso, la carretera que se veía a través de los pinos y los álamos era silenciosa, incluso nuestros pensamientos discurrían en medio de un silencio que asustaba. 7. La vida, según cómo se la mirara, era regalada. A veces nos mirábamos y nos sentíamos privilegiados. Somos locos, somos inocentes. Sólo la espera, cuando uno esperaba algo, enturbiaba esa sensación. La mayoría, sin embargo, mataba la espera enculando a los más débiles o dejándose encular. ¿Lo hice yo?, decíamos. ¿Verdaderamente lo hice yo? Y luego sonreíamos y pasábamos a otro asunto. Los doctores, los señores facultativos, no se enteraban de nada, y los enfermeros y auxiliares, mientras no les causáramos problemas a ellos, hacían la vista gorda. En más de una ocasión se nos fue la mano. ¡El hombre es un animal! 8. Eso pensaba a veces. En el centro de mi cerebro se materializaba eso. Sobre eso reflexionaba y reflexionaba hasta que la mente se quedaba en blanco. A veces, al principio, oía como cables entrelazados. Cables de electricidad o serpientes. Pero por lo general, más a medida que el tiempo me alejaba de aquellas escenas, la mente se quedaba en blanco: sin ruidos, sin imágenes, sin palabras, sin rompeolas de palabras. 9. De todas maneras yo nunca me he creído más listo que nadie. Nunca he expuesto mi inteligencia con soberbia. Si hubiera ido a la escuela ahora sería abogado o juez. ¡O inventor de una cama americana mejor que las camas americanas del manicomio! Tengo palabras, eso lo admito humildemente. No hago alarde de ello. Y así como tengo palabras tengo silencio. Soy silencioso como un gato, me lo dijo el viejo cuando él ya era viejo pero yo todavía era un chaval. 10. No nací aquí. Según el viejo nací en Zaragoza y mi madre, por necesidad, se vino a vivir a esta ciudad. A mí me da igual una ciudad que otra. Aquí, si no hubiera sido pobre, habría podido estudiar. ¡No importa! Aprendí a leer. ¡Suficiente! Más vale no hablar más del tema. También aquí hubiera podido casarme. Conocí a una chica que se llamaba, no me acuerdo, tenía un nombre como todas las mujeres y en algún momento hubiera podido casarme con ella. Luego conocí a otra chica, mayor que yo y, como yo, extranjera, del sur, de Andalucía o Murcia, una guarra que nunca estaba de buen humor. Con ella también hubiera podido formar una familia, tener un hogar, pero yo estaba destinado a otros fines y la guarra también. **11.** La ciudad, a veces, me ahogaba. Demasiado pequeña. Me sentía como si estuviera encerrado en un crucigrama. **12.** Por aquella época empecé, sin más dilaciones, a pedir en las puertas de las iglesias. Llegaba a las diez de la mañana y me instalaba en las escalinatas de la catedral o subía a la iglesia de San Jeremías, en la calle José Antonio, o a la iglesia de Santa Bárbara, que era mi iglesia favorita, en la calle Salamanca, y a veces, incluso, cuando me instalaba en las escalinatas de la iglesia de Santa Bárbara, antes de iniciar mi jornada de trabajo, entraba a misa de diez y oraba con todas mis fuerzas, que era como reírse en silencio, reír, reír, feliz de la vida, y a más oraba más me reía, que era la forma en que mi naturaleza se dejaba penetrar por lo divino, y esa risa no era una falta de respeto ni era la risa de un descreído, sino todo lo contrario, era la risa atronadora de una oveja trémula ante su Creador. **13.** Después me confesaba, contaba mis desdichas y mis vicisitudes, y luego comulgaba y finalmente, antes de volver a la escalinata, me detenía unos segundos ante la imagen de Santa Bárbara. ¿Por qué siempre estaba acompañada por un pavo real y por una torre? Un pavo real y una torre. ¿Qué significaba? 14. Una tarde se lo pregunté al cura. ¿Cómo es que te interesan estas cosas?, me preguntó a su vez. No lo sé padre, por curiosidad, le respondí. ¿Sabes que la curiosidad es una mala costumbre?, dijo. Lo sé, padre, pero mi curiosidad es sana, yo siempre le rezo a Santa Bárbara. Haces bien, hijo, dijo el cura, Santa Bárbara tiene buena mano con los pobres, tú sigue rezándole. Pero lo que yo quiero es saber lo del pavo real y la torre, dije yo. El pavo real, dijo el cura, es símbolo de inmortalidad. La torre tiene tres ventanas, ¿lo has notado? Pues las ventanas están puestas en la torre para representar las palabras de la santa, que dijo que la luz entró en ella o iluminó su casa por las ventanas del Padre, del Hijo y del Espíritu Santo. ¿Lo entiendes? 15. No tengo estudios, padre, pero tengo juicio y sé discernir, le respondí. 16. Después me iba a ocupar mi lugar, el lugar que me pertenecía, y pedía hasta que la iglesia cerraba las puertas. En la palma de la mano siempre me dejaba una moneda. Las otras, en el bolsillo. Y aguantaba el hambre aunque viera a otros comer pan o trozos de salchichón y queso. Yo pensaba. Pensaba y estudiaba sin moverme de las escalinatas. 17. Así supe que el padre de Santa Bárbara, un señor poderoso llamado Dióscuro, la hizo encerrar en una torre, es decir la encarceló, debido a los pretendientes que la acosaban. Y supe que Santa Bárbara antes de entrar en la torre se bautizó a sí misma con las aguas de un estanque o de un regadío o de una pileta donde los campesinos almacenaban el agua de la lluvia. Y supe que escapó de la torre, la torre de las tres ventanas por donde entró la luz, pero fue detenida y llevada ante el juez. Y el juez la condenó a muerte. **18.** Todo lo que enseñan los curas está frío. Es sopa fría. Infusión fría. Mantas que no calientan durante el crudo invierno. **19.** Vete de aquí, Vicente, me dijo el viejo sin dejar de mover los carrillos. Como si comiera pipas. Consigue una ropa que te haga invisible y lárgate antes de que se entere el comisario. **20.** Metí la mano en el bolsillo y, sin sacarla, conté mis monedas. Había empezado a nevar. Le dije adiós al viejo y salí a la calle. **21.** Caminé sin rumbo. Sin un plan preconcebido. Desde la calle Corona observé la iglesia de Santa Bárbara. Recé un poco. Santa Bárbara, apiádate de mí, dije. Tenía el brazo izquierdo dormido. Tenía hambre. Tenía ganas de morirme. Pero no para siempre. Tal vez sólo tenía ganas de dormir. Me castañeteaban los dientes. Santa Bárbara, ten piedad de tu servidor. **22.** Cuando la decapitaron, quiero decir cuando le cortaron la cabeza a Santa Bárbara, cayó un rayo del cielo que fulminó a sus verdugos. ¿También al juez que la condenó? ¿También a su padre que la encerró? Cayó un rayo y antes se oyó el estampido de un trueno. O al revés. Auténtico. Dios mío, Dios mío, Dios mío. **23.** No me acerqué más. Me contenté con ver la iglesia desde lejos y luego eché a caminar hasta un bar donde en mis tiempos se comía barato. No lo encontré. Entré en una panadería y compré una barra de pan. Después salté una tapia y me lo comí a salvo de miradas indiscretas. Sé que está prohibido saltar tapias y comer en jardines abandonados o en casas derruidas, por la propia seguridad del infractor. Te puede caer una viga encima, me dijo el comisario Damián Valle. Además, es propiedad privada. Está hecho mierda, criadero de arañas y ratas, pero sigue siendo, hasta el fin de los días, propiedad privada. Y te puede caer una viga encima de la cabeza y destrozarte ese cráneo privilegiado, me dijo el comisario Damián Valle. 24. Después de comer salté la tapia y estuve otra vez en la calle. De pronto, me sentí triste. No sé si era la nieve o qué. Comer, últimamente, me produce desconsuelo. Cuando como no estoy triste, pero después de comer, sentado sobre un ladrillo, mirando caer los copos de nieve sobre el jardín abandonado, no sé. Desconsuelo y congoja. Así que me palmeé las piernas y eché a andar. Las calles empezaron a vaciarse. Durante un rato estuve mirando aparadores. Pero era mentira. Lo que hacía era buscar mi imagen en las vitrinas, en los ventanales. Después se acabaron los ventanales y sólo había escaleras. Agaché la cabeza y subí. Luego una calle. Luego la parroquia de la Concepción. Luego la iglesia de San Bernardo. Luego las murallas y más allá la fortaleza. No se veía ni un alma. Estaba en el cerro del Moro. Recordé las palabras del viejo: Vete, vete, que no te pillen otra vez, desgraciado. Todo el mal que hice. Santa Bárbara, apiádate de mí, apiádate de tu pobre hijo. Recordé que por aquellas callejuelas vivía una mujer. Decidí visitarla, pedirle un plato de sopa, un suéter viejo que ya no quisiera, algo de dinero para comprar un billete de tren. ¿Dónde vivía esta mujer? Me metí en callejas cada vez más estrechas. Vi un portalón y golpeé. No abrió nadie. Empujé el portalón y accedí a un patio. A alguien se le había olvidado recoger la colada y ahora la nieve caía sobre la ropa de colores amarillentos. Me abrí paso entre camisas y calzoncillos y llegué a una puerta con una aldaba de bronce que parecía un puño. Acaricié la aldaba pero no llamé. Empujé la puerta. Fuera empezaba a oscurecer a toda prisa. Tenía la mente en blanco. Los copos de nieve chisporroteaban. Avancé. No recordaba ese pasillo, no recordaba el nombre de la mujer, era una guarra, buena persona, injusta aunque le dolía, no recordaba esa oscuridad, esa torre sin ventanas. Pero entonces vi una puerta y me colé sigilosamente. Era una especie de almacén de granos, con sacos apilados hasta el techo. En un rincón había una cama. Tendido en la cama vi a un niño. Estaba desnudo y tiritaba. Saqué mi navaja del bolsillo. Sentado a una mesa vi a un fraile. La capucha le velaba el rostro, que tenía inclinado, absorto en la lectura de un misal. ¿Por qué el niño estaba desnudo? ¿Es que no había en aquella habitación ni una manta? ¿Por qué el fraile leía su misal en vez de arrodillarse y pedir perdón? Todo se tuerce en algún momento. El fraile me miró, dijo algo, le respondí. No se me acerque, dije. Después le clavé la navaja. Los dos nos quejamos hasta que él se quedó quieto. Pero yo tenía que asegurarme y se la volví a clavar. Después maté al niño. ¡Rápido, por Dios! Después me senté en la cama y tirité durante un rato. Basta. Era necesario irse. Tenía la ropa manchada de sangre. Busqué en los bolsillos del fraile y encontré dinero. En la mesa había unos boniatos. Me comí uno. Bueno y dulce. Abrí, mientras me comía el boniato, un armario. Sacos de cebolla y patatas. Pero colgado en el perchero había un hábito limpio. Me desnudé. Qué frío hacía. Después de revisar cada bolsillo, para no dejar pruebas incriminatorias, puse mi ropa en un saco, incluidos los zapatos, y me até el saco a la cintura. Jódete, Damián Valle. En ese momento me di cuenta de que estaba dejando marcadas mis pisadas por toda la habitación. Tenía las plantas llenas de sangre. Durante un rato, sin dejar de moverme, las observé con atención. Me entraron ganas de reír. Eran huellas bailadoras. Huellas de San Vito. Huellas que no iban a ninguna parte. Pero yo sabía adónde ir. 25. Todo estaba oscuro, menos la nieve. Empecé a bajar del cerro del Moro. 26. Iba descalzo y hacía frío. Mis pies se enterraban en la nieve y a cada paso que daba la sangre se iba despegando de mi piel. Al cabo de unos metros noté que alguien me seguía. ¿Un policía? No me importó. Ellos gobernaban la tierra, pero yo sabía en ese momento, mientras caminaba por la nieve luminosa, que el jefe era yo. 27. Dejé atrás el cerro del Moro, en el plan la nieve era aún más alta, crucé un puente, vi de reojo, con la cabeza gacha, la sombra de una estatua ecuestre. Mi perseguidor era un adolescente gordo y feo. ¿Quién era yo? Eso no importaba nada. 28. Me despedí de todo lo que iba viendo. Era emocionante. Aceleré el paso para entrar en calor. Crucé el puente y fue como si cruzara el túnel del tiempo. **29.** Hubiera podido matar al chaval, obligarlo a seguirme hasta un callejón y allí pincharlo hasta que la palmara. ¿Pero para qué? Seguramente era el hijo de una puta del cerro del Moro y jamás diría nada. **30.** En los lavabos de la estación limpié mis viejos zapatos, les eché agua, borré las manchas de sangre. Tenía los pies dormidos. Despertad. Después compré un billete en el siguiente tren. En cualquiera, sin importarme su destino.

LITERATURA + ENFERMEDAD = ENFERMEDAD

para mi amigo el doctor Víctor Vargas,
hepatólogo

ENFERMEDAD Y CONFERENCIA

Nadie se debe extrañar de que el conferenciante se ande por las ramas. Pongamos el siguiente caso. El conferenciante va a hablar sobre la enfermedad. El teatro se llena con diez personas. Hay una expectación entre los espectadores digna, sin duda, de mejor causa. La conferencia empieza a las siete de la tarde o a las ocho de la noche. Nadie del público ha cenado. Cuando dan las siete (o las ocho, o las nueve) ya están todos allí, sentados en sus asientos, los teléfonos móviles apagados. Da gusto hablar ante personas tan educadas. Sin embargo el conferenciante no aparece y finalmente uno de los organizadores del evento anuncia que no podrá venir debido a que, a última hora, se ha puesto gravemente enfermo.

Escribir sobre la enfermedad, sobre todo si uno está gravemente enfermo, puede ser un suplicio. Escribir sobre la enfermedad si uno, además de estar gravemente enfermo, es hipocondriaco, es un acto de masoquismo o de desesperación. Pero también puede ser un acto liberador. Ejercer, durante unos minutos, la tiranía de la enfermedad, como esas viejitas que uno encuentra en las salas de espera de los ambulatorios y que se dedican a contar la parte clínica o médica o farmacológica de su vida, en vez de contar la parte política de su vida o la parte sexual o la parte laboral, es una tentación, una tentación diabólica, pero una tentación al fin y al cabo. Viejitas que uno diría están más allá del bien y del mal, y que tienen toda la cara de conocer a Nietzsche, y no sólo a Nietzsche sino también a Kant y Hegel y Schelling, para no decir nada de Ortega y Gasset, de quien parecen, más que hermanas, confidentes. Y, en realidad, más que confidentes, parecen clones de Ortega y Gasset. A tal grado que a veces pienso (en los límites de mi desesperación) que en las salas de espera de los ambulatorios se encuentra el paraíso de Ortega y Gasset, o el infierno, depende de los ojos y sobre todo de la sensibilidad de quien mire y escuche. Un paraíso en donde Ortega y Gasset, duplicado miles de veces, vive nuestras vidas y sus circunstancias. Pero no nos alejemos demasiado de la libertad: en realidad estaba pensando, más bien, en una suerte de liberación. Escribir mal, hablar mal, disertar sobre fenómenos tectónicos en mitad de una cena de reptiles, qué liberador que es y qué merecido me lo tengo, proponerme a la compasión ajena y luego insultar a diestra y siniestra, escupir mientras hablo, desvanecerme indiscriminadamente, convertirme en la pesadilla de mis amigos gratuitos, *ordeñar una vaca y luego tirarle la leche por la cabeza,* como dice Nicanor Parra en un verso magnífico y también misterioso.

ENFERMEDAD Y ESTATURA

Pero vayamos al grano o acerquémonos por un instante a ese grano solitario que el viento o el azar ha dejado justo en medio de una enorme mesa vacía. No hace mucho tiempo, al salir de la consulta de Víctor Vargas, mi médico, una mujer me esperaba junto a la puerta confundida entre los demás pacientes que formaban la cola. Esta mujer era una mujer bajita, quiero decir de corta estatura, cuya cabeza apenas me llegaba a la altura del pecho, digamos unos pocos centímetros por arriba de las tetillas, y eso que llevaba unos tacones portentosos, como no tardé en descubrir. La visita, de más está decirlo, había ido mal, muy mal; mi médico sólo tenía malas noticias. Yo me sentía, no sé, no precisamente mareado, que es lo usual en estos casos, sino más bien como si los demás se hubieran mareado y yo fuera el único que mantenía una especie de calma o una cierta verticalidad. Tenía la impresión de que todos iban a gatas o, como suele decirse, a cuatro patas, mientras yo iba de pie o permanecía sentado, con las piernas cruzadas, que a todos los efectos es lo mismo que estar o ir de pie o mantener la verticalidad. En cualquier caso tampoco puedo decir que me sintiera bien, pues una cosa es mantenerse erguido mientras los demás gatean y otra cosa muy distinta es observar, con algo que a falta de una palabra mejor llamaré *ternura* o curiosidad o mórbida curiosidad, el gateo indiscriminado y repentino de quienes te rodean. Ternura, melancolía, nostalgia, sensaciones propias de un enamorado más bien cursi, y muy impropias de experimentar en el consultorio externo de un hospital de Barcelona. Por supuesto, si ese hospital hubiera sido un manicomio, tal visión no me habría afectado en lo más mínimo, pues desde muy joven me acostumbré –aunque nunca seguí– al refrán que dice que en el país al que fueres, haz lo que vieres, y lo mejor que uno puede hacer en un manicomio, aparte de mantener un silencio lo más digno posible, es gatear u observar el gateo de los compañeros de desgracia. Pero yo no estaba en un manicomio sino en uno de los mejores hospitales públicos de Barcelona, un hospital que conozco bien pues he estado cinco o seis veces internado allí, y hasta entonces no había visto a nadie caminar a cuatro patas, aunque sí había visto a enfermos ponerse amarillos como canarios y había visto a otros que de repente dejaban de respirar, es decir, se morían, algo no inusual en un sitio así; pero a gatas no había visto, todavía, a nadie, por lo que pensé que las palabras de mi médico habían sido mucho más graves de lo que en principio creí, o lo que es lo mismo: que mi estado de salud era francamente malo. Y cuando salí de la consulta y vi a todo el mundo gateando, esta impresión sobre mi propia salud se acentuó y el miedo a punto estuvo de tumbarme y obligarme a gatear a mí también. El motivo de que no lo hiciera fue la presencia de la mujer bajita, que en ese momento se me acercó y dijo su nombre, la doctora X, y luego pronunció el nombre de mi médico, mi querido doctor Vargas, con quien mantengo una relación tipo armador griego millonario, es decir la relación de un hombre casado que ama pero que procura ver lo menos posible a su mujer, y añadió, la doctora X, que estaba al tanto de mi enfermedad o del progreso de mi enfermedad y deseaba incluirme en un trabajo que ella estaba haciendo. Le pregunté educadamente por la naturaleza de ese trabajo. Su respuesta fue vaga. Me explicó que apenas me haría perder media hora de mi tiempo y que se trataba de que yo hiciera algunos tests que tenía preparados. No sé por qué, finalmente le dije que sí, y entonces ella me guió fuera de las consultas externas hasta un ascensor de grandes proporciones, un ascensor en donde había una camilla, vacía, por supuesto, pero ningún camillero, una camilla que subía y que bajaba con el ascensor, como una novia bien proporcionada con –o en el interior de– su novio desproporcionado, pues el ascensor era verdaderamente grande, tanto como para albergar en su interior no sólo una camilla sino dos, y además una silla de ruedas, todas con sus respectivos ocupantes, pero lo más curioso era que en el ascensor no había nadie, salvo la doctora bajita y yo, y justo en ese momento, con la cabeza no sé si más fría o más caliente, me di cuenta de que la doctora bajita no estaba nada mal. No bien descubrí esto, me pregunté qué ocurriría si le proponía hacer el amor en el ascensor, cama no nos iba a faltar. Recordé en el acto, como no podía ser menos, a Susan Sarandon disfrazada de monja preguntándole a Sean Penn cómo podía pensar en follar si le quedaban pocos días de vida. El tono de Susan Sarandon, por descontado, es de reproche. No recuerdo, para variar, el título de la película, pero era una buena película, dirigida, creo, por Tim Robbins, que es un buen actor y tal vez un buen director pero que no ha estado jamás en el corredor de la muerte. Follar es lo único que desean los que van a morir. Follar es lo único que desean los que están en las cárceles y en los hospitales. Los impotentes lo único que desean es follar. Los castrados lo único que desean es follar. Los heridos graves, los suicidas, los seguidores irredentos de Heidegger. Incluso Wittgenstein, que es el más grande filósofo del siglo XX, lo único que deseaba era follar. Hasta los muertos, leí en alguna parte, lo único que desean es follar. Es triste tener que admitirlo, pero es así.

ENFERMEDAD Y DIONISO

Aunque la verdad de la verdad, la puritita verdad, es que me cuesta mucho admitirlo. Esa explosión seminal, esos cúmulos y cirros que cubren nuestra geografía imaginaria, terminan por entristecer a cualquiera. Follar cuando no se tienen fuerzas para follar puede ser hermoso y hasta épico. Luego puede convertirse en una pesadilla. Sin embargo no hay más remedio que admitirlo. Miren, por ejemplo, las cárceles de México. Aparece un tipo no precisamente agraciado, chaparro, seboso, panzón, bizco, y que encima es malo y huele mal. Este tipo, cuya sombra se desplaza con una lentitud exasperante por las paredes de la cárcel o por los pasillos interiores de la cárcel, al poco tiempo de estar allí se hace amante de otro tipo, igual de feo pero más fuerte. No ha habido un romance prolongado, un romance lleno de pasos y de estaciones. No ha habido una afinidad electiva tal como la entendía Goethe. Ha sido un amor a primera vista, primario, si ustedes quieren, pero cuya finalidad no difiere mucho de la finalidad buscada por tantas parejas normales o que nos parecen normales. Son novios. Sus galanteos, sus deliquios, son como radiografías. Follan cada noche. A veces se pegan. Otras veces se cuentan sus vidas, como si fueran amigos, aunque en realidad no son amigos sino amantes. Los domingos, incluso, ambos reciben las visitas de sus respectivas mujeres, que son tan feas como ellos. Obviamente ninguno de los dos es lo que llamaríamos un homosexual. Si alguien se lo echara en cara probablemente ellos se enojarían tanto, se sentirían tan ofendidos, que primero violarían brutalmente al ofensor y luego lo asesinarían. Esto es así. Victor Hugo, que según Daudet era capaz de comerse una naranja entera de un solo bocado, prueba máxima de salud, según Daudet, típico gesto de cerdo, según mi mujer, dejó

141

escrito en *Los miserables* que la gente oscura, la gente atroz, es capaz de experimentar una felicidad oscura, una felicidad atroz. Según creo recordar, pues *Los miserables* es un libro que leí en México hace muchísimos años y que dejé en México cuando me fui de México para siempre y que no pienso volver a comprar ni a releer, pues no hay que leer ni mucho menos releer los libros de los cuales se hacen películas, y creo que de *Los miserables* se hizo hasta un musical. Esa gente atroz, como decía, cuya felicidad es atroz, son aquellos rufianes que acogen a Cosette cuando Cosette aún es una niña, y que encarnan a la perfección no sólo el mal y la mezquindad de cierta pequeña burguesía o de aquello que aspira a formar parte de la pequeña burguesía, sino que con el paso del tiempo y los avances del progreso encarnan, a estas alturas de la historia, a casi la totalidad de lo que hoy llamamos clase media, una clase media de izquierda o de derecha, culta o analfabeta, ladrona o de apariencia proba, gente provista de buena salud, gente preocupada en cuidar su buena salud, gente exactamente igual (probablemente menos violenta y menos valiente, más prudente, más discreta) que los dos pistoleros mexicanos que viven su amor encerrados en un penal. Dioniso lo ha invadido todo. Está instalado en las iglesias y en las ONG, en el gobierno y en las casas reales, en las oficinas y en los barrios de chabolas. La culpa de todo la tiene Dioniso. El vencedor es Dioniso. Y su antagonista o contrapartida ni siquiera es Apolo, sino don Pijo o doña Siútica o don Cursi o doña Neurona Solitaria, guardaespaldas dispuestos a pasarse al enemigo a la primera detonación sospechosa.

ENFERMEDAD Y APOLO

¿Y dónde diablos está el maricón de Apolo? Apolo está enfermo, grave.

ENFERMEDAD Y POESÍA FRANCESA

La poesía francesa, como bien saben los franceses, es la más alta poesía del siglo XIX y de alguna manera en sus páginas y en sus versos se prefiguran los grandes problemas que iba a afrontar Europa y nuestra cultura occidental durante el siglo XX y que aún están sin resolver. La revolución, la muerte, el aburrimiento y la huida pueden ser esos temas. Esa gran poesía fue escrita por un puñado de poetas y su punto de partida no es Lamartine, ni Hugo, ni Nerval, sino Baudelaire. Digamos que se inicia con Baudelaire, adquiere su máxima tensión con Lautréamont y Rimbaud, y finaliza con Mallarmé. Por supuesto, hay otros poetas notables, como Corbière o Verlaine, y otros que no son desdeñables, como Laforgue o Catulle Mendés o Charles Cros, e incluso alguno no del todo desdeñable como Banville. Pero la verdad es que con Baudelaire, Lautréamont, Rimbaud y Mallarmé ya hay suficiente. Empecemos por el último. Quiero decir, no por el más joven sino por el último en morir, Mallarmé, que se quedó a dos años de conocer el siglo XX. Éste escribe en *Brisa Marina:*

> La carne es triste, ¡ay!, y todo lo he leído.
> ¡Huir! ¡Huir! Presiento que en lo desconocido
> de espuma y cielo, ebrios los pájaros se alejan.
> Nada, ni los jardines que los ojos reflejan
> sujetará este pecho, náufrago en mar abierta
> ¡oh, noches!, ni en mi lámpara la claridad desierta
> sobre la virgen página que esconde su blancura,
> y ni la fresca esposa con el hijo en el seno.
> ¡He de partir al fin! Zarpe el barco, y sereno
> meza en busca de exóticos climas su arboladura.
> Un hastío reseco ya de crueles anhelos
> aún suena en el último adiós de los pañuelos.
> ¡Quién sabe si los mástiles, tempestades
>   [buscando,
> se doblarán al viento sobre el naufragio, cuando
> perdidos floten sin islotes ni derroteros!...
> ¡Más oye, oh corazón, cantar los marineros!

Un bonito poema. Nabokov le habría aconsejado al traductor no mantener la rima, dar una versión en verso libre, hacer una versión feísta, si Nabokov hubiera conocido al traductor, Alfonso Reyes, que para la cultura occidental poco significa pero que para esa parte de la cultura occidental que es Latinoamérica significa (o debería significar) mucho. ¿Pero qué quiso decir Mallarmé cuando dijo que la carne es triste y que ya había leído todos los libros? ¿Que había leído hasta la saciedad y que había follado hasta la saciedad? ¿Que a partir de determinado momento toda lectura y todo acto carnal se transforman en repetición? ¿Que lo único que quedaba era viajar? ¿Que follar y leer, a la postre, resultaba aburrido, y que viajar era la única salida? Yo creo que Mallarmé está hablando de la enfermedad, del combate que libra la enfermedad contra la salud, dos estados o dos potencias, como queráis, totalitarias; yo creo que Mallarmé está hablando de la enfermedad revestida con los trapos del aburrimiento. La imagen que Mallarmé construye sobre la enfermedad, sin embargo, es, de alguna manera, prístina: habla de la enfermedad como *resignación*, resignación de vivir o resignación de lo que sea. Es decir está hablando de derrota. Y para revertir la derrota opone vanamente la lectura y el sexo, que sospecho que para mayor gloria de Mallarmé y mayor perplejidad de Madame Mallarmé eran la misma cosa, pues de lo contrario nadie en su sano juicio puede decir que la carne es triste, así, de esa forma taxativa, que enuncia que la carne *sólo* es triste, que la petite morte, que en realidad no dura ni siquiera un minuto, se extiende a todos los gestos del amor, que como es bien sabido pueden durar horas y horas y hacerse interminables, en fin, que un verso semejante no desentonaría en un poeta español como Campoamor pero sí en la obra y en la biografía de Mallarmé, indisolublemente unidas, salvo en este poema, en este manifiesto cifrado, que sólo Paul Gauguin se tomó al pie de la letra, pues que se sepa Mallarmé no escuchó jamás cantar a los marineros, o si los escuchó no fue, ciertamente, a bordo de un barco con destino incierto. Y menos aún se puede afirmar que uno ya ha leído todos los libros, pues incluso aunque los libros se acaben nunca acaba uno de leerlos todos, algo que bien sabía Mallarmé. Los libros son finitos, los encuentros sexuales son finitos, pero el deseo de leer y de follar es infinito, sobrepasa nuestra propia muerte, nuestros miedos, nuestras esperanzas de paz. ¿Y qué le queda a Mallarmé en este ilustre poema, cuando ya no le quedan, según él, ni ganas de leer ni ganas de follar? Pues le queda el viaje, le quedan las ganas de viajar. Y ahí está tal vez la clave del crimen. Porque si Mallarmé llega a decir que lo que queda por hacer es rezar o llorar o volverse loco, tal vez habría conseguido la coartada perfecta. Pero en lugar de eso Mallarmé dice que lo único que resta por hacer es viajar, que es como si dijera *navegar es necesario, vivir no es necesario,* frase que antes sabía citar en latín y que por culpa de las toxinas viajeras de mi hígado también he olvidado, o lo que es lo mismo, Mallarmé opta por el viajero con el torso desnudo, por la libertad que también tiene el torso desnudo, por la vida sencilla (pero no tan sencilla si rascamos un poco) del marinero y del explorador que, a la par que es una afirmación de la vida, también es un juego constante con la muerte y que, en una escala jerárquica, es el primer peldaño de cierto aprendizaje poético. El segundo peldaño es el sexo y el tercero los libros. Lo que convierte la elección mallarmeana en una paradoja o bien en un regreso, en un volver a empezar desde cero. Y llegado a este punto no puedo, antes de volver al ascensor, dejar de pensar en un poema de Baudelaire, el padre de todos, en el que éste habla del viaje, del entusiasmo juvenil del viaje y de la amargura que todo viaje a la postre deja en el viajero, y pienso que tal vez el soneto de Mallarmé es una respuesta al poema de Baudelaire, uno de los más terribles que he leído, el de Baudelaire, un *poema enfermo,* un poema sin salida, pero acaso el poema más lúcido de todo el siglo XIX.

ENFERMEDAD Y VIAJES

Viajar enferma. Antiguamente los médicos recomendaban a sus pacientes, sobre todo a los que padecían enfermedades nerviosas, viajar. Los pacientes, que por regla general tenían dinero, obedecían y se embarcaban en largos viajes que duraban meses y en ocasiones años. Los pobres que tenían enfermedades nerviosas no viajaban. Algunos, es de suponer, enloquecían. Pero los que viajaban también enloquecían o, lo que es peor, adquirían nuevas enfermedades conforme cambiaban de ciudades, de climas, de costumbres alimenticias. Realmente, es más sano no viajar, es más sano no moverse, no salir nunca de casa, estar bien abrigado en invierno y sólo quitarse la bufanda en verano, es más sano no abrir la boca ni pestañear, es más sano no respirar. Pero lo cierto es que uno respira y viaja. Yo, sin ir más lejos, comencé a viajar desde muy joven, desde los siete u ocho años, aproximadamente. Primero en el camión de mi padre, por carreteras chilenas solitarias que parecían carreteras posnucleares y que me ponían los pelos de punta, luego en trenes y en autobuses, hasta que a los quince años tomé mi primer avión y me fui a vivir a México. A partir de ese momento los viajes fueron constantes. Resultado: enfermedades múltiples. De niño, grandes dolores de cabeza que hacían que mis padres se preguntaran si no tendría una enfermedad nerviosa y si no sería conveniente que emprendiera, lo más pronto posible, un largo viaje reparador. De adolescente, insomnio y problemas de índole sexual. De joven, pérdida de dientes que fui dejando, como las miguitas de pan de Hansel y Gretel, en diferentes países; mala alimentación que me provocaba acidez estomacal y luego una gastritis; abuso de la lectura que me obligó a llevar lentes; callos en los pies producto de largas caminatas sin ton ni son; infinidad de gripes y catarros mal curados. Era pobre, vivía en la intemperie y me consideraba un tipo con suerte porque, a fin de cuentas, no había enfermado de nada grave. Abusé del sexo pero nunca contraje una enfermedad venérea. Abusé de la lectura pero nunca quise ser un autor de éxito. Incluso la pérdida de dientes para mí era una especie de homenaje a Gary Snyder, cuya vida de vagabundo zen lo había hecho descuidar su dentadura. Pero todo llega. Los hijos llegan. Los libros llegan. La enfermedad llega. El fin del viaje llega.

ENFERMEDAD Y CALLEJÓN SIN SALIDA

El poema de Baudelaire se llama *El viaje*. El poema es largo y delirante, es decir posee el delirio de la

148

extrema lucidez, y no es éste el momento de leerlo completo. El traductor es el poeta Antonio Martínez Sarrión y sus primeros versos dicen así:

Para el niño, gustoso de mapas y grabados,
Es semejante el mundo a su curiosidad.

El poema, pues, empieza con un niño. El poema de la aventura y del horror, *naturalmente,* empieza en la mirada pura de un niño. Luego dice:

Un buen día partimos, la cabeza incendiada,
Repleto el corazón de rabia y amargura,
Para continuar, tal las olas, meciendo
Nuestro infinito sobre lo finito del mar:

Felices de dejar la patria infame, unos;
El horror de sus cunas, otros más; no faltando,
Astrólogos ahogados en miradas bellísimas
De una Circe tiránica, letal y perfumada.

Para no ser cambiados en bestias, se emborrachan
De cielos abrasados, de espacio y resplandor,
El hielo que les muerde, los soles que les
[queman,
La marca de los besos borran con lentitud.

Pero los verdaderos viajeros sólo parten
Por partir; corazones a globos semejantes
A su fatalidad jamás ellos esquivan
Y gritan «¡Adelante!» sin saber bien por qué.

149

El viaje que emprenden los tripulantes del poema de Baudelaire en cierto modo se asemeja al viaje de los condenados. Voy a viajar, voy a perderme en territorios desconocidos, a ver qué encuentro, a ver qué pasa. Pero previamente voy a renunciar a todo. O lo que es lo mismo: para viajar de verdad los viajeros no deben tener nada que perder. El viaje, este largo y accidentado viaje del siglo XIX, se asemeja al viaje que hace el enfermo a bordo de una camilla, desde su habitación a la sala de operaciones, donde le aguardan seres con el rostro oculto debajo de pañuelos, como bandidos de la secta de los hashishin. Por cierto, las primeras estampas del viaje no rehúyen ciertas visiones paradisiacas, producto más de la voluntad o de la cultura del viajero que de la realidad:

¡Asombrosos viajeros! ¡Cuántas nobles historias
Leemos en vuestros ojos profundos como el mar!
Mostradnos los estuches de tan ricas memorias

Y también dice: ¿Qué habéis visto? Y el viajero, o ese fantasma que representa a los viajeros, contesta enumerando las estaciones del infierno. El viajero de Baudelaire, evidentemente, no cree que la carne sea triste y que ya haya leído todos los libros, aunque evidentemente sabe que la carne, trofeo y joya de la entropía, es triste y más que triste, y que una vez leído un solo libro, todos los libros están leídos. El viajero de Baudelaire tiene la cabeza incendiada y el corazón repleto de rabia y amargura, es decir, probablemente se trata de un viajero radical y moderno, aunque por supuesto es alguien que razonablemente quiere salvarse, que quiere *ver*, pero que también quiere salvarse. El viaje, todo el poema, es como un barco o una tumultuosa caravana que se dirige directamente hacia el abismo, pero el viajero, lo intuimos en su asco, en su desesperación y en su desprecio, quiere salvarse. Lo que finalmente encuentra, como Ulises, como el tipo que viaja en una camilla y confunde el cielo raso con el abismo, es su propia imagen:

¡Saber amargo aquel que se obtiene del viaje!
Monótono y pequeño, el mundo, hoy día, ayer,
Mañana, en todo tiempo, nos lanza nuestra
                        [imagen:
¡En desiertos de tedio, un oasis de horror!

Y con ese verso, la verdad, ya tenemos más que suficiente. En medio de un desierto de aburrimiento, un oasis de horror. No hay diagnóstico más lúcido para expresar la enfermedad del hombre moderno. Para salir del aburrimiento, para escapar del punto muerto, lo único que tenemos a mano, y no tan a mano, también en esto hay que esforzarse, es el horror, es decir el mal. O vivimos como zombis, como esclavos alimentados con soma, o nos convertimos en esclavizadores, en seres malignos, como el tipo aquel que después de asesinar a su mujer y a sus tres hijos dijo, mientras sudaba a mares, que se sentía extraño, como poseído por algo desconocido, la libertad, y luego dijo que las víctimas se habían merecido lo que les pasó, aunque al cabo de unas horas, más tranquilo, dijo que nadie se merecía una muerte tan cruel y luego añadió que probablemente se había vuelto loco y les pidió a los policías que no le hicieran caso. Un oasis siempre es un oasis, sobre todo si uno sale de un desierto de aburrimiento. En un oasis uno puede beber, comer, curarse las heridas, descansar, pero si el oasis es de horror, si sólo existen oasis de horror, el viajero podrá confirmar, esta vez de forma fehaciente, que la carne es triste, que llega un día en que todos los libros están leídos y que viajar es un espejismo. Hoy, todo parece indicar que sólo existen oasis de horror o que la deriva de todo oasis es hacia el horror.

ENFERMEDAD Y DOCUMENTAL

Una de las imágenes más vívidas que recuerdo de la enfermedad es la de un tipo cuyo nombre he olvidado, un artista neoyorquino que se movía entre la mendicidad y la vanguardia, entre los practicantes del fist-fucking y los eremitas modernos. Una noche, hace años, cuando ya nadie ve la televisión, lo vi en un documental. El tipo era un masoquista extremo y de su inclinación o destino o vicio incurable extraía la materia prima de su arte. El tipo es mitad actor, mitad pintor. Según recuerdo, no es muy grande y se está quedando calvo. Filma sus experiencias. Éstas son escenas o escenificaciones de dolor. Un dolor cada vez mayor, que en ocasiones pone al artista al borde de la muerte. Un día, tras una visita de rutina al hospital, le comunican que padece una enfermedad mortal. La noticia, al principio, lo sorprende. Pero la sorpresa no dura mucho. El tipo, de inmediato, comienza a filmar su última performance, que, al contrario que las anteriores, al menos la primera parte, resulta de una contención narrativa notable. Durante estas escenas se le ve sereno y, sobre todo, discreto, como si hubiera dejado de creer en la efectividad de los gestos abruptos, de la sobreactuación. Aparece, por ejemplo, montado en una bicicleta, pedaleando por una especie de Paseo Marítimo, debe de ser Coney Island, y después sentado en la escollera recordando escenas inconexas de su infancia y adolescencia, mientras mira el mar y de vez en cuando, de reojo, a la cámara. Su voz y sus gestos no son fríos ni cálidos. No es la voz de un extraterrestre ni la voz de un desesperado que se esconde debajo de la cama y cierra los ojos. Tal vez es la voz, y los gestos, de un ciego, pero si así fuera, de eso no cabe duda, es la voz de un ciego que se dirige a otros ciegos. Yo no diría que está en paz con su destino ni que se dispone a luchar a brazo partido con su destino, sino más bien diría que se trata de un hombre a quien su destino deja completamente indiferente. Las últimas escenas transcurren en el hospital. El tipo sabe que ya no podrá salir, sabe que lo único que le queda es morirse, pero aún mira a la cámara cuya función es servir de documento en esta última performance. Justo en este momento el espectador insomne se da cuenta, sólo entonces, de que hay *dos* cámaras, de que hay dos películas, la del documentalista, la que él está viendo por la tele, una producción francesa o alemana, y el documental que registra la performance y que va a acompañar al tipo cuyo nombre he olvidado o nunca supe, hasta el final de su agonía, el documental que él, con mano de hierro o con mirada de hierro dirige desde su lecho de Procusto. Y así es. Una voz, la del narrador francés o alemán, se despide del neoyorquino y luego, cuando la escena se funde en negro, dice la fecha de su muerte, pocas semanas después. El documental del artista del dolor, por el contrario, sigue paso a paso su agonía, pero eso ya no lo vemos, sólo podemos imaginarlo, o fundir la imagen en negro y leer la aséptica fecha de su muerte, porque si lo viéramos seríamos incapaces de soportarlo.

ENFERMEDAD Y POESÍA

Entre los inmensos desiertos de aburrimiento y los no tan escasos oasis de horror, sin embargo, existe una tercera opción, acaso una entelequia, que Baudelaire versifica de esta manera:

Deseamos, tanto puede la lumbre que nos quema,
Caer en el abismo, Cielo, Infierno, ¿qué importa?,
Al fondo de lo ignoto, para encontrar lo *nuevo*.

Este último verso, al fondo de lo ignoto, para encontrar lo *nuevo,* es la pobre bandera del arte que se opone al horror que se suma al horror, sin cambios sustanciales, de la misma forma que si al infinito se le añade más infinito, el infinito sigue siendo el mismo infinito. Una batalla perdida de antemano, como casi todas las batallas de los poetas. Algo a lo que parece oponerse Lautréamont, cuyo viaje es de la periferia a la metrópoli y cuya forma de viajar y de ver permanece aún revestida en el misterio más absoluto, a tal grado que no sabemos si se trataba de un nihilista militante o de un optimista desmesurado o del cerebro en la sombra de la inminente Comuna, y algo que, sin duda, sabía Rimbaud, que se sumergió con idéntico fervor en los libros, en el sexo y en los viajes, sólo para descubrir y comprender, con una lucidez diamantina, que escribir no tiene la más mínima importancia (escribir, obviamente, es lo mismo que leer, y en ciertos momentos se parece bastante a viajar, e incluso, en ocasiones privilegiadas, también se parece al acto de follar, y todo ello, nos dice Rimbaud, es un espejismo, sólo existe el desierto y de vez en cuando las luces lejanas de los oasis que nos envilecen). Y entonces llega Mallarmé, el menos inocente de todos los grandes poetas, y nos dice que hay que viajar, que hay que volver a viajar. Aquí, incluso el lector menos avezado se tiene que decir a sí mismo: Pero, bueno, ¿qué le pasa a Mallarmé?, ¿a qué obedece este entusiasmo?, ¿nos está invitando a viajar o nos está enviando, atados de pies y manos, hacia la muerte?, ¿nos está tomando el pelo o se trata de un puro problema de consonancias? La posibilidad de que Mallarmé no haya leído a Baudelaire está fuera de toda consideración. ¿Qué pretende, entonces? La respuesta creo que es sencillísima. Mallarmé quiere volver a empezar, aun a sabiendas de que el viaje y los viajeros están condenados. Es decir, para el poeta de Igitur no sólo nuestros actos están enfermos sino que también lo está el lenguaje. Pero mientras buscamos el antídoto o la medicina para curarnos, lo *nuevo,* aquello que sólo se puede encontrar en lo ignoto, hay que seguir transitando por el sexo, los libros y los viajes, aun a sabiendas de que nos llevan al abismo, que es, casualmente, el único sitio donde uno puede encontrar el antídoto.

ENFERMEDAD Y PRUEBAS

Y ya es hora de volver a ese ascensor enorme, el ascensor más grande que he visto en mi vida, un ascensor en donde un pastor hubiera podido meter un reducido rebaño de ovejas y un granjero dos vacas locas y un enfermero dos camillas vacías, y en donde yo me debatía, literalmente, entre la posibilidad de pedirle a aquella doctora de corta estatura, casi una muñeca japonesa, que hiciera el amor conmigo o que al menos lo intentáramos, y la posibilidad cierta de echarme a llorar allí mismo, como Alicia en el País de las Maravillas, e inundar el ascensor no de sangre, como en *El resplandor,* de Kubrick, sino de lágrimas. Pero los buenos modales, que nunca están de más y que pocas veces estorban, en ocasiones como ésta son un estorbo, y al poco rato la doctora japonesa y yo estábamos encerrados en un cubículo, con una ventana desde la que se veía la parte de atrás del hospital, haciendo unas pruebas rarísimas, que a mí me parecieron exactamente iguales que las pruebas que aparecen en las páginas de pasatiempos de cualquier periódico dominical. Por supuesto, me esmeré mucho en hacerlas bien, como si quisiera demostrarle a ella que mi médico estaba equivocado, vano esfuerzo, pues aunque realizaba las pruebas de forma impecable la pequeña japonesa permanecía impasible, sin dedicarme ni la más mínima sonrisa de aliento. De vez en cuando, mientras ella preparaba una nueva prueba, hablábamos. Le pregunté por las posibilidades de éxito de un trasplante de hígado. Muchas posibilidades, dijo. ¿Qué tanto por ciento?, dije yo. Sesenta pol ciento, dijo ella. Joder, dije yo, es muy poco. En política es mayolía absoluta, dijo ella. Una de las pruebas, tal vez la más sencilla, me impresionó mucho. Consistía en mantener durante unos segundos las manos extendidas de forma vertical, vale decir con los dedos hacia arriba, enseñándole a ella las palmas y contemplando yo el dorso. Le pregunté qué demonios significaba ese test. Su respuesta fue que, en un punto más avanzado de mi enfermedad, sería incapaz de mantener los dedos en esa posición. Éstos, inevitablemente, se doblarían hacia ella. Creo que dije: Vaya por Dios. Tal vez me reí. Lo cierto es que a partir de entonces ese test me lo hago cada día, esté donde esté. Pongo las manos delante de mis ojos, con el dorso hacia mí, y observo durante unos segundos mis nudillos, mis uñas, las arrugas que se forman sobre cada falange. El día que los dedos no puedan mantenerse firmes no sé muy bien qué haré, aunque sí sé qué no haré. Mallarmé escribió que un golpe de dados jamás abolirá el azar. Sin embargo, es necesario tirar los dados cada día, así como es necesario realizar el test de los dedos enhiestos cada día.

ENFERMEDAD Y KAFKA

Cuenta Canetti en su libro sobre Kafka que el más grande escritor del siglo XX comprendió que los dados estaban tirados y que ya nada le separaba de la escritura el día en que por primera vez escupió sangre. ¿Qué quiero decir cuando digo que ya nada le separaba de su escritura? Sinceramente, no lo sé muy bien. Supongo que quiero decir que Kafka comprendía que los viajes, el sexo y los libros son caminos que no llevan a ninguna parte, y que sin embargo son caminos por los que hay que internarse y perderse para volverse a encontrar o para encontrar algo, lo que sea, un libro, un gesto, un objeto perdido, para encontrar cualquier cosa, tal vez un método, con suerte: lo *nuevo*, lo que siempre ha estado allí.

LOS MITOS DE CTHULHU

para Alan Pauls

Permitidme que en esta época sombría empiece con una afirmación llena de esperanza. ¡El estado actual de la literatura en lengua española es muy bueno! ¡Inmejorable! ¡Óptimo!

Si fuera mejor incluso me daría miedo.

Tranquilicémonos, sin embargo. Es bueno, pero nadie debe temer un ataque al corazón. No hay nada que induzca a pensar en un gran sobresalto.

Pérez-Reverte, según un crítico llamado Conte, es el novelista perfecto de España. No tengo el recorte donde afirma eso, así que no lo puedo citar literalmente. Creo recordar que decía que era el novelista *más* perfecto de la actual literatura española, como si una vez alcanzada la perfección uno pudiera seguir perfeccionándose. Su principal mérito, pero esto no sé si lo dijo Conte o el novelista Marsé, es su legibilidad. Esa legibilidad le permite ser no sólo el más perfecto sino también el más leído. Es decir: el que más libros vende.

Según este esquema, probablemente el novelista perfecto de la narrativa española sea Vázquez Figueroa, que en sus ratos libres se dedica a inventar máquinas desalinizadoras o sistemas desalinizadores, es decir artefactos que pronto convertirán el agua de mar en agua dulce, apropiada para regadíos y para que la gente se pueda duchar e incluso, supongo, apta para ser bebida. Vázquez Figueroa no es el más perfecto, pero sin duda es perfecto. Legible lo es. Ameno lo es. Vende mucho. Sus historias, como las de Pérez Reverte, están llenas de aventuras.

Francamente, me gustaría tener aquí la reseña de ese Conte. Lástima que yo no ande por ahí guardando recortes de prensa, como el personaje de *La colmena,* de Cela, que guarda en un bolsillo de su raída americana el recorte de una colaboración suya en un diario de provincias, un diario del Movimiento, es de suponer, un personaje entrañable, por otra parte, al que siempre veré con el rostro de José Sacristán, un rostro pálido e inerme en la película, una jeta inconmensurable de perro apaleado con su arrugado recorte en el bolsillo, deambulando por la imposible meseta de este país. Llegado a este punto permitidme dos digresiones exegéticas o dos suspiros: Qué buen actor es José Sacristán, qué ameno, qué legible. Y qué cosa más curiosa ocurre con Cela: cada día que pasa se asemeja más a un dueño de fundo chileno o a un dueño de rancho mexicano; sus hijos naturales, como dicen los púdicos latinoamericanos, o sus bastardos, aparecen y crecen como los matorrales, vulgares y a disgusto, pero tenaces y con la voz bronca, o como las cándidas lilas en los lotes baldíos, según la expresión del cándido Eliot.

Si al cadáver increíblemente gordo de Cela lo amarramos a un caballo blanco, podemos y de hecho tenemos a un nuevo Cid de las letras españolas.

Declaración de principios:
En principio yo no tengo nada contra la claridad y la amenidad. Luego, ya veremos.
Esto siempre resulta conveniente declararlo cuando uno se adentra en esta especie de Club Mediterranée hábilmente camuflado de pantano, de desierto, de suburbio obrero, de novela-espejo que se mira a sí misma.

Hay una pregunta retórica que me gustaría que alguien me contestara: ¿Por qué Pérez-Reverte o Vázquez Figueroa o cualquier otro autor de éxito, digamos, por ejemplo, Muñoz Molina o ese joven de apellido sonoro De Prada, venden tanto? ¿Sólo porque son amenos y claros? ¿Sólo porque cuentan historias que mantienen al lector en vilo? ¿Nadie responde? ¿Quién es el hombre que se atreve a responder? Que nadie diga nada. Detesto que la gente pierda a sus amigos. Responderé yo. La respuesta es no. No venden sólo por eso. Venden y gozan del favor del público porque sus historias se *entienden*. Es decir: porque los lectores, que nunca se equivocan, no en cuanto lectores, obviamente, sino en cuanto consumidores, en este caso de libros, entienden perfectamente sus novelas o sus cuentos. El crítico Conte esto lo sabe o tal vez, porque es joven, lo intuye. El novelista Marsé, que es viejo, lo tiene bien aprendido. El público, el público, como le dijo García Lorca a un chapero mientras se escondían en un zaguán, no se equivoca nunca, nunca, nunca. ¿Y por qué no se equivoca nunca? Porque *entiende*.

Por supuesto es aconsejable aceptar y exigir, faltaría más, el ejercicio incesante de la claridad y la amenidad en la novela, que es un arte, digamos, que discurre al margen de los movimientos que transforman la historia y la historia particular, coto exclusivo de la ciencia y de la televisión, aunque en ocasiones si uno extiende la exigencia o el dictado de lo entretenido, de lo claro, al ensayo y a la filosofía, el resultado puede ser a primera vista catastrófico sin por ello perder su potencia de promesa o dejar de ser, a medio plazo, algo providencial y deseable. Por ejemplo, el pensamiento débil. Honestamente no tengo ni idea de en qué consistió (o consiste) el pensamiento débil. Su promotor, creo recordar, fue un filósofo italiano del siglo XX. Nunca leí un libro suyo ni un libro acerca de él. Entre otras razones, y no me estoy disculpando, porque carecía de dinero para comprarlo. Así que lo cierto es que, en algún periódico, debí de enterarme de su existencia. Había un pensamiento débil. Probablemente aún esté vivo el filósofo italiano. Pero en resumidas cuentas el italiano no importa. Quizá quería decir otras cosas cuando hablaba de pensamiento débil. Es probable. Lo que importa es el *título* de su libro. De la misma manera que cuando nos referimos al *Quijote* lo que menos importa es el libro sino el título y unos cuantos molinos de viento. Y cuando nos referimos a Kafka lo que menos importa (Dios me perdone) es Kafka y el fuego, sino una señora o un señor detrás de una ventanilla. (A esto se le llama concreción, imagen retenida y metabolizada por nuestro organismo, memoria histórica, solidificación del azar y del destino.) La fuerza del pensamiento débil, lo intuí como si me hubiera mareado de repente, un mareo producido por el hambre, radicaba en que se proponía a sí mismo como método filosófico para la gente no versada en los sistemas filosóficos. Pensamiento débil para gente que pertenece a las clases débiles. Un obrero de la construcción de Gerona, que no se ha sentado jamás con su *Tractatus logico-philosophicus* al borde del andamio, a treinta metros de altura, ni lo ha releído mientras mastica su bocadillo de chope, podría, con una buena campaña publicitaria, leer al filósofo italiano o a alguno de sus discípulos, cuya escritura clara y amena e inteligible les llegaría al fondo del corazón.

En aquel momento, a pesar de los mareos, me sentí como Nietzsche en la epifanía del Eterno Retorno. Nanosegundos que se suceden inexorables y todos bendecidos por la eternidad.

¿Qué es el chope? ¿En qué consiste un bocadillo de chope? ¿Está el pan untado con tomate y unas gotitas de aceite de oliva o va el pan seco, envuelto en papel de aluminio, también llamado, por la marca del fabricante, papel albal? ¿Y en qué consiste el chope? ¿Es acaso mortadela? ¿Es una mezcla de jamón york y mortadela? ¿Una mezcla de salami y mortadela? ¿Hay algo de chorizo o salchichón en el chope? ¿Y por qué la marca del papel de aluminio se llama albal? ¿Es un apellido, el apellido del señor Nemesio Albal? ¿O alude a alba, al alba clara de los enamorados y de los trabajadores que antes de partir a su tarea meten en su tartera medio kilo de pan con su correspondiente ración de lonchas de chope?

Alba con un ligero fulgor metalizado. Alba clara sobre el cagadero. Así se llamaba un poema que escribí con Bruno Montané hace siglos. No hace mucho, sin embargo, leí que ese título y ese poema se lo atribuían a otro poeta. Ay, ay, ay, ay, los inconscientes, qué lejos se remonta el rastreo, la asechanza, el acoso. Y lo peor de todo es que el título es malísimo.

Pero volvamos al pensamiento débil, ese guante que se ajusta sobre el andamio. Amenidad no le falta. De claridad tampoco anda escaso. Y los así llamados débiles socialmente entienden perfectamente el mensaje. Hitler, por ejemplo, es un ensayista o un filósofo, como queráis llamarle, de pensamiento débil. ¡Se le entiende todo! Los libros de autoayuda son en realidad libros de filosofía práctica, de filosofía amena, en la calle, filosofía inteligible para la mujer y para el hombre. Ese filósofo español, que glosa y que interpreta los avatares del programa de televisión «Gran Hermano», es un filósofo legible y claro, aunque en su caso la revelación haya llegado con algunas décadas de retraso. No consigo recordar su nombre, pues este discurso, como muchos de vosotros ya habéis adivinado, lo escribo de memoria y pocos días antes de ser pronunciado. Sólo recuerdo que el filósofo pasó muchos años en un país latinoamericano, un país que imagino tropical, harto del exilio, harto de los mosquitos, harto de la atroz exuberancia de las flores del mal. Ahora el viejo filósofo vive en una ciudad española que no está en Andalucía, soportando inviernos interminables, cubierto con una bufanda y con una boina, contemplando en la tele a los concursantes de «Gran Hermano» y escribiendo sus apuntes en una libreta de hojas blancas y frías como la nieve.

Sánchez Dragó es quien escribe los mejores libros de teología. Un tipo cuyo nombre no recuerdo, especialista en ovnis, es quien escribe los mejores libros de divulgación científica. Lucía Etxebarría es quien escribe los mejores libros sobre intertextualidad. Sánchez Dragó es quien mejor escribe los libros sobre multiculturalidad. Juan Goytisolo es quien escribe los mejores libros políticos. Sánchez Dragó es quien escribe los mejores libros sobre historia y mitos. Ana Rosa Quintana, una presentadora de televisión simpatiquísima, es quien escribe el mejor libro sobre la mujer maltratada de nuestros días. Sánchez Dragó es quien escribe los mejores libros de viajes. Me encanta Sánchez Dragó. No se le notan los años. ¿Se teñirá el pelo con henna o con un tinte común y corriente de peluquería? ¿O no le salen canas? ¿Y si no le salen canas, por qué no se queda calvo, que es lo que suele pasarles a aquellos que conservan su viejo color de pelo?

Y la pregunta que de verdad me importa: ¿Qué espera Sánchez Dragó para invitarme a su programa de televisión? ¿Que me ponga de rodillas y me arrastre hacia él como el pecador hacia la zarza ardiente? ¿Que mi salud sea más mala de lo que ya es? ¿Que consiga una recomendación de Pitita Ridruejo? ¡Pues ándate con cuidado, Víctor Sánchez Dragó! ¡Mi paciencia tiene un límite y yo en otro tiempo estuve en la pesada! ¡No digas luego que nadie te lo advirtió, Gregorio Sánchez Dragó!

Sepan. A manderecha del poste rutinario, viniendo, claro está, desde el nornoroeste, allí mero donde se aburre una osamenta, se puede divisar ya Comala, la ciudad de la muerte. Hacia esa ciudad se dirige montado en un asno este discurso magistral y hacia esa ciudad me dirijo yo y todos ustedes, de una u otra manera, con mayor o menor alevosía. Pero antes de entrar en ella me gustaría contar una historia referida por Nicanor Parra, a quien consideraría mi maestro si yo tuviera suficientes méritos como para ser su discípulo, que no es el caso. Un día, no hace demasiado, a Nicanor Parra lo nombraron doctor honoris causa por la Universidad de Concepción. Lo mismo lo hubieran podido nombrar doctor honoris causa por la Universidad de Santa Bárbara o Mulchén o Coigüe, en Chile, según me cuentan, bastaba con tener la primaria terminada y una casa más o menos grande para fundar una universidad privada, beneficios del libre mercado. Lo cierto es que la Universidad de Concepción tiene cierto prestigio, es una universidad grande, hasta donde sé todavía es estatal, y allí homenajean a Nicanor Parra y lo nombran doctor honoris causa y lo invitan a pronunciar una clase magistral. Nicanor Parra acude y lo primero que explica es que cuando él era un niño o un adolescente, había ido a esa universidad, pero no a estudiar sino a vender bocadillos, que en Chile se los llama sándwich o sánguches, que los estudiantes compraban y devoraban entre clase y clase. A veces Nicanor Parra iba acompañando a su tío, otras iba acompañando a su madre y en alguna ocasión acudió solo, con la bolsa llena de sánguches cubiertos no con papel albal sino con papel de periódico o con papel de estraza, y tal vez ni siquiera con una bolsa sino con un canasto, tapado con un paño de cocina por motivos higiénicos y estéticos e incluso prácticos. Y ante la sala llena de profesores sureños que sonreían Nicanor Parra evocó la vieja Universidad de Concepción, que probablemente se está perdiendo en el vacío y que sigue, ahora, perdiéndose en la inercia del vacío o de nuestra percepción del vacío, y se recordó a sí mismo, digamos, mal vestido y con ojotas, con la ropa que no tarda en quedarles pequeña a los adolescentes pobres, y todo, hasta el olor de aquellos tiempos, que era un olor a resfriado chileno, a constipado sureño, quedó atrapado como una mariposa ante la pregunta que se plantea y nos plantea Wittgenstein, desde otro tiempo y desde la lejana Europa, y que no tiene respuesta: ¿*esta* mano es una mano o no es una mano?

Latinoamérica fue el manicomio de Europa así como Estados Unidos fue su fábrica. La fábrica está ahora en poder de los capataces y locos huidos son su mano de obra. El manicomio, desde hace más de sesenta años, se está quemando en su propio aceite, en su propia grasa.

Hoy he leído una entrevista con un prestigioso y resabiado escritor latinoamericano. Le dicen que cite a tres personajes que admire. Responde: Nelson Mandela, Gabriel García Márquez y Mario Vargas Llosa. Se podría escribir una tesis sobre el estado de la literatura latinoamericana sólo basándose en esa respuesta. El lector ocioso puede preguntarse en qué se parecen estos tres personajes. Hay algo que une a dos de ellos: el Premio Nobel. Hay más de algo que los une a los tres: hace años fueron de izquierda. Es probable que los tres admiren la voz de Miriam Makeba. Es probable que los tres hayan bailado, García Márquez y Vargas Llosa en abigarrados apartamentos de latinoamericanos, Mandela en la soledad de su celda, el pegadizo pata-pata. Los tres dejan delfines lamentables, escritores epigonales, pero claros y amenos, en el caso de García Márquez y Vargas Llosa, y el inefable Thabo Mbeki, actual presidente de Sudáfrica, que niega la existencia del sida, en el caso de Mandela. ¿Cómo alguien puede decir, y quedarse tan fresco, que los personajes que más admira son estos tres? ¿Por qué no Bush, Putin y Castro? ¿Por qué no el mulá Omar, Haider y Berlusconi? ¿Por qué no Sánchez Dragó, Sánchez Dragó y Sánchez Dragó, disfrazado de Santísima Trinidad?

Con declaraciones como ésta, así nos va. Por supuesto, estoy dispuesto a hacer lo que sea necesario (aunque esto suene innecesariamente melodramático) para que ese escritor resabiado pueda hacer esta y cualquier otra declaración, según sea su gusto y ganas. Que cualquiera pueda decir lo que quiera decir y escribir lo que quiera escribir y además pueda publicar. Estoy en contra de la censura y de la autocensura. Con una sola condición, como dijo Alceo de Mitilene: que si vas a decir lo que quieres, también vas a oír lo que no quieres.

En realidad la literatura latinoamericana no es Borges ni Macedonio Fernández ni Onetti ni Bioy ni Cortázar ni Rulfo ni Revueltas ni siquiera el dueto de machos ancianos formado por García Márquez y Vargas Llosa. La literatura latinoamericana es Isabel Allende, Luis Sepúlveda, Ángeles Mastretta, Sergio Ramírez, Tomás Eloy Martínez, un tal Aguilar Camín o Comín y muchos otros nombres ilustres que en este momento no recuerdo.

La obra de Reinaldo Arenas ya está perdida. La de Puig, la de Copi, la de Roberto Arlt. Ya nadie lee a Ibargüengoitia. Monterroso, que perfectamente bien hubiera podido declarar que tres de sus personajes inolvidables son Mandela, García Márquez y Vargas Llosa, tal vez cambiando a Vargas Llosa por Bryce Echenique, no tardará en entrar de lleno en la mecánica del olvido. Ahora es la época del escritor funcionario, del escritor matón, del escritor que va al gimnasio, del escritor que cura sus males en Houston o en la Clínica Mayo de Nueva York. La mejor lección de literatura que dio Vargas Llosa fue salir a hacer jogging con las primeras luces del alba. La mejor lección de García Márquez fue recibir al Papa de Roma en La Habana, calzado con botines de charol, García, no el Papa, que supongo iría con sandalias, junto a Castro, que iba con botas. Aún recuerdo la sonrisa que García Márquez, en aquella magna fiesta, no pudo disimular del todo. Los ojos entrecerrados, la piel estirada como si acabara de hacerse un lifting, los labios ligeramente fruncidos, labios sarracenos habría dicho Amado Nervo muerto de envidia.

¿Qué pueden hacer Sergio Pitol, Fernando Vallejo y Ricardo Piglia contra la avalancha de glamour? Poca cosa. Literatura. Pero la literatura no vale nada si no va acompañada de algo más refulgente que el mero acto de sobrevivir. La literatura, sobre todo en Latinoamérica, y sospecho que también en España, es éxito, éxito social, claro, es decir es grandes tirajes, traducciones a más de treinta idiomas (yo puedo nombrar veinte idiomas, pero a partir del idioma número 25 empiezo a tener problemas, no porque crea que el idioma número 26 no existe sino porque me cuesta imaginar una industria editorial y unos lectores birmanos temblando de emoción con los avatares mágico-realistas de Eva Luna), casa en Nueva York o Los Ángeles, cenas con grandes magnatarios (para que así descubramos que Bill Clinton puede recitar de memoria párrafos enteros de *Huckleberry Finn* con la misma soltura con que el presidente Aznar lee a Cernuda), portadas en *Newsweek* y anticipos millonarios.

Los escritores actuales no son ya, como bien hiciera notar Pere Gimferrer, señoritos dispuestos a fulminar la respetabilidad social ni mucho menos un hatajo de inadaptados sino gente salida de la clase media y del proletariado dispuesta a escalar el Everest de la respetabilidad, deseosa de respetabilidad. Son rubios y morenos hijos del pueblo de Madrid, son gente de clase media baja que espera terminar sus días en la clase media alta. No rechazan la respetabilidad. La buscan desesperadamente. Para llegar a ella tienen que transpirar mucho. Firmar libros, sonreír, viajar a lugares desconocidos, sonreír, hacer de payaso en los programas del corazón, sonreír mucho, sobre todo no morder la mano que les da de comer, asistir a ferias de libros y contestar de buen talante las preguntas más cretinas, sonreír en las peores situaciones, poner cara de inteligentes, controlar el crecimiento demográfico, dar siempre las gracias.

No es de extrañar que de golpe se sientan cansados. La lucha por la respetabilidad es agotadora. Pero los nuevos escritores tuvieron y algunos aún tienen (y Dios se los conserve por muchos años) padres que se agotaron y gastaron por un simple jornal de obrero y por lo tanto saben, los nuevos escritores, que hay cosas mucho más agotadoras que sonreír incesantemente y decirle sí al poder. Claro que hay cosas mucho más agotadoras. Y de alguna forma es conmovedor buscar un sitio, aunque sea a codazos, en los pastizales de la respetabilidad. Ya no existe Aldana, ya nadie dice que ahora es preciso morir, pero existe, en cambio, el opinador profesional, el tertuliano, el académico, el regalón del partido, sea éste de derecha o de izquierda, existe el hábil plagiario, el trepa contumaz, el cobarde maquiavélico, figuras que en el sistema literario no desentonan de las figuras del pasado, que cumplen, a trancas y barrancas, a menudo con cierta elegancia, su rol, y que nosotros, los lectores o los espectadores o el público, el público, el público, como le decía al oído Margarita Xirgu a García Lorca, nos merecemos.

Dios bendiga a Hernán Rivera Letelier, Dios bendiga su cursilería, su sentimentalismo, sus posiciones políticamente correctas, sus torpes trampas formales, pues yo he contribuido a ello. Dios bendiga a los hijos tarados de García Márquez y a los hijos tarados de Octavio Paz, pues yo soy responsable de esos alumbramientos. Dios bendiga los campos de concentración para homosexuales de Fidel Castro y los veinte mil desaparecidos de Argentina y la jeta perpleja de Videla y la sonrisa de macho anciano de Perón que se proyecta en el cielo y a los asesinos de niños de Río de Janeiro y el castellano que utiliza Hugo Chávez, que huele a mierda y es mierda y que he creado yo.

Todo es, a final de cuentas, folclore. Somos buenos para pelear y somos malos para la cama. ¿O tal vez era al revés, Maquieira? Ya no me acuerdo. Tiene razón Fuguet: hay que conseguir becas y anticipos sustanciosos. Hay que venderse antes de que ellos, quienes sean, pierdan el interés por comprarte. Los últimos latinoamericanos que supieron quién era Jacques Vaché fueron Julio Cortázar y Mario Santiago y ambos están muertos. La novela de Penélope Cruz en la India está a la altura de nuestros más preclaros estilistas. Llega Pe a la India. Como le gusta el color local o lo auténtico va a comer a uno de los peores restaurantes de Calcuta o de Bombay. Así lo dice Pe. Uno de los peores o uno de los más baratos o uno de los más populares. En la puerta ve a un niño famélico quien a su vez no le quita los ojos de encima. Pe se levanta y sale y le pregunta al niño qué le pasa. El niño le dice si le puede dar un vaso de leche. Curioso, pues Pe no está bebiendo leche. En cualquier caso nuestra actriz consigue un vaso de leche y se lo lleva al niño, que sigue en la puerta. Acto seguido el niño bebe el vaso de leche ante la atenta mirada de Pe. Cuando se lo acaba, cuenta Pe, la mirada de agradecimiento y de felicidad del niño la lleva a pensar en la cantidad de cosas que ella posee y que no necesita, aunque allí Pe se equivoca, pues todo, absolutamente todo lo que posee, lo necesita. Al cabo de unos días Pe mantiene una larga conversación filosófica y también de orden práctico con la madre Teresa de Calcuta. En determinado momento Pe le cuenta esta historia. Habla de lo necesario y de lo superfluo, de ser y no ser, de ser con relación a y de no ser en relación ¿con qué?, ¿y cómo?, ¿y a final de cuentas qué es eso de ser?, ¿ser tú misma?, Pe se hace un lío. La madre Teresa, mientras tanto, no para de moverse como una comadreja reumática de un lado a otro de la habitación o del porche que las cobija, mientras el sol de Calcuta, el sol balsámico y también el sol de los muertos vivientes, espolvorea sus postreros rayos imantado ya por el oeste. Eso, eso, dice la madre Teresa de Calcuta, y luego murmura algo que Pe no entiende. ¿Qué?, dice Pe en inglés. Sé tú misma. No te preocupes por arreglar el mundo, dice la madre Teresa, ayuda, ayuda, ayuda a uno, dale un vaso de leche a uno y ya será suficiente, apadrina a un niño, sólo a uno, y ya será suficiente, dice la madre Teresa en italiano y con evidente mal humor. Al caer la noche Pe vuelve al hotel. Se ducha, se cambia de ropa, se pone unas gotas de perfume sin poder dejar de pensar en las palabras de la madre Teresa. A la hora de los postres, de golpe, la iluminación. Todo consiste en sacar un pellizco microscópico de los ahorros. Todo consiste en no atribularse. Tú dale a un niño indio doce mil pesetas al año y ya estarás haciendo algo. Y no te atribules ni tengas mala conciencia. No fumes, come frutos secos y no tengas mala conciencia. El ahorro y el bien están indisolublemente unidos.

Quedan algunos enigmas flotando como ecto-plasmas en el aire. ¿Si Pe iba a comer a un restaurante barato cómo es que no le dio una gastroenteritis? ¿Y por qué Pe, que tiene dinero, iba precisamente a co-mer a un restaurante barato? ¿Por ahorrar?

Somos malos para la cama, somos malos para la intemperie, pero buenos para el ahorro. Todo lo guardamos. Como si supiéramos que el manicomio se va a quemar. Todo lo escondemos. No sólo los te-soros que cíclicamente sustraerá Pizarro, sino las co-sas más inútiles, las baratijas, hilos sueltos, cartas, bo-tones, que enterramos en sitios que luego se borran de nuestra memoria, pues nuestra memoria es débil. Nos gusta, sin embargo, guardar, atesorar, ahorrar. Si pudiéramos, nos ahorraríamos a nosotros mismos para épocas mejores. No sabemos estar sin papá y mamá. Aunque sospechamos que papá y mamá nos hicieron feos y tontos y malos para así engrandecerse aún más ellos mismos ante las generaciones venide-ras. Pues para papá y mamá el ahorro era interpreta-do como perdurabilidad y como obra y como pan-teón de hombres ilustres, mientras que para nosotros el ahorro es éxito, dinero, respetabilidad. Sólo nos in-teresa el éxito, el dinero, la respetabilidad. Somos la generación de la clase media.

La perdurabilidad ha sido vencida por la veloci-dad de las imágenes vacías. El panteón de los hombres ilustres, lo descubrimos con estupor, es la perrera del manicomio que se quema.

Si pudiéramos crucificar a Borges, lo crucificaríamos. Somos los asesinos tímidos, los asesinos prudentes. Creemos que nuestro cerebro es un mausoleo de mármol, cuando en realidad es una casa hecha con cartones, una chabola perdida entre un descampado y un crepúsculo interminable. (Quién dice, por otra parte, que no hayamos crucificado a Borges. Lo dice Borges, que murió en Ginebra.)

Sigamos, pues, los dictados de García Márquez y leamos a Alejandro Dumas. Hagámosle caso a Pérez Dragó o a García Conte y leamos a Pérez-Reverte. En el folletón está la salvación del lector (y de paso, de la industria editorial). Quién nos lo iba a decir. Mucho presumir de Proust, mucho estudiar las páginas de Joyce que cuelgan de un alambre, y la respuesta estaba en el folletón. Ay, el folletón. Pero somos malos para la cama y probablemente volveremos a meter la pata. Todo lleva a pensar que esto no tiene salida.

ÍNDICE

Impreso en Talleres Gráficos
LIBERDÚPLEX, S.L.U.
Pol. Ind. Torrentfondo
Ctra. Gelida BV-2249 Km. 7,4
08791 Sant Llorenç d'Hortons (Barcelona)